上海生活

罗 海 著

中国言实出版社

图书在版编目（CIP）数据

城市书 : 上海生活 / 罗海著 . -- 北京 : 中国言实
出版社 , 2023.1

ISBN 978-7-5171-4219-5

Ⅰ . ①城… Ⅱ . ①罗… Ⅲ . ①散文集—中国—当代
Ⅳ . ① I267

中国版本图书馆 CIP 数据核字 (2022) 第 106034 号

城市书：上海生活

责任编辑：代青霞
责任校对：张　丽

出版发行：中国言实出版社
　　　　　地　　址：北京市朝阳区北苑路180号加利大厦5号楼105室
　　　　　邮　　编：100101
　　　　　编辑部：北京市海淀区花园路6号院B座6层
　　　　　邮　　编：100088
　　　　　电　　话：010-64924853（总编室）　 010-64924716（发行部）
　　　　　网　　址：www.zgyscbs.cn　 电子邮箱：zgyscbs@263.net

经　　销：新华书店
印　　刷：成都市兴雅致印务有限责任公司
版　　次：2023年1月第1版　 2023年1月第1次印刷
规　　格：880毫米 × 1230毫米　 1/32　 9.5印张
字　　数：198千字

定　　价：58.00元
书　　号：ISBN 978-7-5171-4219-5

序

长江的尽头是大海　生活的尽头是重生

◎　刘月潮

一个不见一点星光却亮着无数灯火的夜晚，罗海兄忽然来电，嘱我为其新书《城市书：上海生活》作序。我很意外，本想推辞，一来我从未为别人作过序，二来我好像还不具备作序的资格与分量。但罗海兄语气殷切，不容反驳，似乎这事非我莫属。我也没再多说。我和罗海兄等人难得秉性相投，相知相惜，便欣然应允。

或许，我离作序的分量还很远，但上海却一度离我很近，确切地说，上海离我家乡安庆一直很近。

我家乡的南面有一条江，日夜奔腾不息地淌过，它可不是一般的江，而是滚滚东逝水的长江。

大约懂事的时候，我才知道身边淌着这么一条闻名于世的江。听说江面很宽阔，浩荡的江水里行驶着一只只偌大的轮船。尤其是客船，远比学校操场还要大，有好几层楼那么高。一条客轮能装下好几百人。

只要顺着这条江，跟着流淌的江水一路走下去，就走到了这条江的尽头，就走到了繁华的上海。长江的尽头是大城

市上海，长江的尽头也是烟波浩渺无边无垠的大海。

十二三岁时，父亲带着我进了趟城，我才见到了长江。到江边的迎江寺已快中午了。站在防洪堤上，看太阳普照着天地万物，宽阔的江面上波光粼粼，惊涛拍岸；江面上轮船穿梭不停，客轮鸣着长笛一点点靠近码头。而身后，寺里一缕缕香烟缭绕不去。在这人间烟火里，我忽然没来由地想到了上海，它就在这条江的尽头。

听大舅说，上海很大，大到人走着走着就迷路了。上海一到夜晚到处点着亮灿灿的灯，上海女人说话甜得黏人……大舅十六七岁时在上海的餐馆端过盘子。那时端盘子是要真功夫的，大舅能一手托着七八个菜盘，可见那时连当店小二都是不容易的。

大舅只端了两三年盘子，上海就解放了。上海一解放，大舅就只好回家乡干农活儿了。

回到家乡的大舅很少提起自己在上海的事，似乎对这段上海经历讳莫如深。

或许，上海从此一直深埋在大舅的记忆里，从不轻易开启。我想，一如罗海兄，关于上海生活的书写同样是对一座城市深处的记忆。或许，一个人内心隐秘的深处及拐弯抹角的地方才是文学最应该抵达的地方。

大舅的沉默为他在乡村赢得了某种尊重。乡亲们一致认为他到过上海，在餐馆跑过堂，见过大世面。确实，大舅一辈子深谙人情世故，待人不缺情理，微言慎行，不卑不亢地活着。

从大舅身上，似乎令人洞察一座城市的往事，而罗海兄却用自己的书写见证了一座城市的尊严。

更多的时候，长江在我的想象中，上海更是在我的想象里。我感受深切的是，一年吃不到几颗的、稀罕的大白兔奶糖，还有几年也穿不上一双的回力鞋，都产自上海。大白兔奶糖透着牛奶的香味，回力鞋特别好穿，跑起来跟脚。我和罗海处在同一个地理的维度上，我在向往上海的甜度、速度和美好时，此时罗海也正生活在我的想象中。

我不知罗海在黄浦江畔，是否会想象长江来自哪里，在他的梦境里他是否到达过我所在的地方。多少年来，正是作者和读者在内心深处共同搭建起关于生命的一条隐秘通道，一切才那么令人着迷，才构成了书写的重量及维度，才丰富着罗海灵魂地图的经纬。

这是罗海的文学地理，也是《城市书：上海生活》给我的启示。

《城市书：上海生活》每一章都独立成篇，全书内容环环相扣，浑然一体，凸显了长篇散文结构的宏大，而又严丝合缝，每一章都是一篇独到精致的散文，也是作者对上海市民生活的一种深情致敬和书写。

《城市书：上海生活》以"我"（儿童）作为独特的叙述视角，记叙了我身处上海一个大家庭的部分生活及片段，物质的，精神的，以及关于生命的所有能进入"我"视角的事物，《床》《阁楼》《客厅》《澡堂》《老虎灶》《悦丽孃孃的卧室》《饭厅》《泡饭》《掐窟》《汤婆子》《厨房》《酱瓜》《春卷》《红肠》《馄饨》《从一碗红烧肉里我承传了母亲什么》《买包子》《煤炉》《天井》《四合院》《用桂柳话给众亲朗诵课文》《复

兴中路》等众多篇章，无一不是从普通的事或物入手，用大量素描的内容去记述，以儿童的心理与情感去感知一个大家庭的日常生活，用童年和成人交织的视角去感触我及家庭成员，如外祖父、外祖母、舅舅们、孃孃们、表兄妹们等隐秘的生活，并一再触及这些亲人心灵的深处，床、阁楼、澡堂、老虎灶、天井、煤炉、四合院等成为一个大家庭、一座城市、一个时代精神与生活的符号和象征。

　　外祖父和外祖母睡的床是一张红木大床，摆放在客厅的一角。深夜了，当孃孃们、舅舅们、姑父们，还有大大小小的表兄妹们从客厅里四散去休息时，外祖父和外祖母就会相视微笑着脱衣走向这张红木大床，准备躺下休息。

　　我在阁楼上常常会好奇地趴在半截栏杆上往下望，这时就会望见外祖父和外祖母并排睡在床上。

　　床头灯开着，气息氤氲。

　　外祖母瞅见我探着半个脑袋看他们，会对我说一句：小猪头，还不快睡。

　　听到外祖母说了这句话，我立即就乖乖缩回脑瓜，躺床上睡了。

　　在开篇《床》一节里，罗海用平静而美好的叙述，温暖而充满力量的文字，记叙了每天夜晚外祖父和外祖母相视微笑着脱衣走向红木床准备休息时，"我"好奇地趴在阁楼半截栏杆上往下望的情景。当我读到这里时，心头顿时弥漫着一种美好和温暖的气息，每一个字都深深地打动了我，也牵引着我手不释卷地一路读下去。

像这样温暖和美好而又动人心魄的叙述还有很多，遍布全书，俯拾皆是，它不仅是一种温情的表达，更是对我们日常生活常怀的一种敬意。

罗海兄在上海生活的那几年，算起来应该是二十世纪七十年代初，外祖父一家如此温情地生活，令人感动。罗海作为那个时代的见证者，时隔四十多年，却用自己独有的记叙方式深刻地洞见着一个时代的悲欢离合。

这是罗海兄对待生活的一份从容。

新中国成立后，外祖父一直是上海邮电局的普通工人，外祖母一生都是家庭妇女。

我的父亲曾告诉我，上海解放前，外祖父有一座工厂，还有许多房子。解放时，他为了表达对新政府的欢迎、拥护与支持，除了留下一座自住四合院，就是现在我们住着的这座院子外，把所有的私有财产全部捐献给了政府，并发挥他在无线电方面的特长主动去邮电局当了一名邮电工人。从此，以这个身份终老。

外祖父和外祖母膝下有十个儿女，最大的生于二十世纪三十年代，最小的生于二十世纪五十年代。除了其中一个夭折，其余的都健康成长，而且基本都受到了良好的教育。

像我的大舅毕业于名牌大学。大姨妈就读于医

科大学。我的妈妈毕业于医专。

但是有这样一个趋势，就是由老大至老小，受教育的程度渐次呈每况愈下之势，到了最末一个老小——我的小舅舅，仅有高中文化了，毕业于"文革"时期。

在《客厅》一节中，罗海借父亲的口讲述了外祖父的豁达与睿智。多少年来，外祖父在这个大家庭就像一个不存在的人，但又像定海神针一般。

外祖父心中到底藏了多少往事？他作为一个时代的亲历者和参与者，似乎洞察这人世间一切的人情世故和兴衰成败，也洞见了一个时代太多人的命运走向。

阅读《城市书：上海生活》，不仅是阅读一个大家庭的过往，也是阅读上海某个年代的历史缩影，同样是阅读一个时代的过往，去感知生命时空里更多的领悟。

这正是《城市书：上海生活》的价值和意义所在。

《城市书：上海生活》还有许多的艺术特色，在这里就不一一探讨了，我相信，它带给我们更多的是生命启示和对智慧的认知。

作为时代的记叙者，某种意义上罗海兄是对地理和记忆的双重书写。

罗海兄生活阅历丰富，在上海、广东、广西、安徽几地辗转生活，青年从军、复员、进体制，出体制，干个体户，开摄影公司。生活履历丰富，书写驾轻就熟，其创作有着天生的优势。我一度建议他远离这种幸福的花园，好在罗海兄也对此有所警醒。但我在此还是提醒罗兄,这种经验式写作,缺乏应有的艺术创造力,会逐渐对文本产生天生的伤害。

一年前,我才和罗海兄相识,大有相见恨晚之感,他长我三岁,为人处世敦厚持重,处处以老大哥风范关照我。二十多年前,罗海兄从体制内抽身而出时,我也离开了体制,在一家企业里谋求生计。此后,罗海从融安到柳州,我仍在企业孤独求生,人生易逝,冯唐易老,眨眼已是半生蹉跎,半生喟叹,两鬓添白。

正是因为对文字的这份共同情怀,我和罗海兄等人才得以相识,生命线才得以相交,走近彼此,抱薪取暖。

人生得此良师益友,幸运之至。

2022 年 3 月 8 日

(刘月潮:中国作家协会会员,柳州市文艺评论家协会副主席)

目　录

床

外祖父和外祖母睡的床是一张红木大床，摆放在客厅的一角。深夜了，当孃孃们、舅舅们、姑父们，还有大大小小的表兄妹们从客厅里四散去休息时，外祖父和外祖母就会相视微笑着脱衣走向这张红木大床，准备躺下休息。

我在阁楼上常常会好奇地趴在半截栏杆上往下望，这时就会望见外祖父和外祖母并排睡在床上。

床头灯开着，气息氤氲。

外祖母瞅见我探着半个脑袋看他们，会对我说一句：小猪头，还不快睡。

听到外祖母说了这句话，我立即就乖乖缩回脑瓜，躺床上睡了。

每晚临睡前我总爱探出脑袋看外祖父和外祖母，其实就为了等外祖母这句话，就为了接收到外祖母这一句话。这句话对我而言，是一天最后的程序与仪式，是对我的一句天籁，又是法术般的咒语。只要外祖母把这句咒语一念就是对我施了法术，我便能安然入睡了。

人一生有许多秘密，大的小的，重要的不重要的，有意义的无意义的，当时不重要后来很重要的，当时重要后来无足轻重的，说不清是重要还是不重要、有意义还是无意义的。每晚临睡等外祖母这句话，便是我的一个秘密。而这个秘密至今我也不能确定是重要还是不重要，是有意义还是无意义。

我对我睡的这张床充满好奇，它是一张棕绷床。我在广西的父母身边睡的是一张木板床。

在此之前，我以为天底下所有的床都是木板床，除此没有其他。

现在我来到上海，才发现原来这世上除了木板床，还有另一种床。它让我惊奇。

后来我又发现了第三种床，就是席梦思床。

由此我对世界有了更多的感知和认识，更加知道了世界的繁复与多样性。

在青年时我对于床做出了一个决定，一个一辈子遵从的决定：一生只睡木板床。就像我还曾做出一个一生只用书做枕头的决定那样。

可是这些决定最终我都没有能遵守。

做决定的时候，我认为睡木板床，人与自然更亲近。

我为我做出的这个决定自鸣得意。

那时我觉得我一生做出的最好的最妙的一个决定肯定就是这个决定。

让我没想到的是，就是这么一个简单的小小的决定，我最终并没能得以遵守。

三十岁以后，每到潮湿天气，我睡觉醒来就背痛，而且越来越严重，最严重的时候疼痛得不能自主翻身。

有一回，我在我父亲的家里睡在席梦思床上，醒来却发现背不痛了。

为了不受身体疼痛的折磨，我从此只好摒弃了木板床，改睡席梦思床。

我怎么也没想到人生的屈从就这么轻易。看来，人一生想执着和坚守些什么是多么不易。

在外祖父家里时，我之所以好奇那张床，是因为我以前睡的木板床是实的，而这张棕绷床是虚的，人踩在上面软塌塌，容易站不稳。尤其让我兴奋的是，我发现当我在上面跳跃时，它总有一个反弹的力量把我抛向空中。

我喜欢被它抛在空中悬停在空中的感觉和感受。

在由它把自己抛起的时候，我还喜欢张开双臂，让自己在空中飞翔。

飞翔多么美好、多么美妙、多么刺激！

后来我长大了，一天在电视上看到有一种叫蹦床运动的竞技体育，不禁莞尔。

看来，让蹦床来帮助人实现飞翔并乐此不疲，耽于其中、享受其中的不仅仅是我一个人。

我不仅在棕绷床上做张开两臂的飞翔动作，还在飞翔时翻各种各样的筋斗，一下来个前滚翻，一下来个后滚翻，还在空中垂直旋转。

我的表哥卡卡和表妹静静，他们也在棕绷床上做着同我一样的各种飞翔动作，也在飞翔的过程里兴奋地让身体旋转

和翻腾。

　　并且我们还总是暗暗地比拼，看谁飞得更久，飞得更高，在飞翔的时候谁能做出更多更繁杂的空中动作。

　　有时，我们会手牵着手一齐飞翔。

　　当我们抱团飞翔的时候，我们就更加兴奋了，嘴里发出嘀嘀的叫声，眼睛闪闪发光。

2021 年 5 月 10 日

阁 楼

阁楼用木头和木板建在客厅上面，占客厅的五分之一空间，它应该有两米五宽、五米长，摆着一张一米五的大床和两张一米的小床。

阁楼让三张床这么一摆，空的地方差不多就仅剩下可勉强走一人的一条窄窄的过道了，现在想来是多么的局促逼仄。

可是，也许那时是人小，倒也从来没感觉逼仄过。

阁楼是我和表哥卡卡、表妹静静，还有小舅舅和鸿丽孃孃睡觉的地方。

至于我、卡卡、静静睡在哪张床上是不定的，我基本睡在一米五的大床上。原则上我、卡卡和静静，我们三个小人应该一起睡一米五的大床。

另外两张小床，一张是小舅舅的，一张是鸿丽孃孃的。

可是，卡卡经常会挤在小舅舅的床上，同小舅舅一块儿睡。而静静也许看见卡卡表哥这么做就有了从众心理，也便常去挤在鸿丽孃孃的床上，跟鸿丽孃孃一块儿睡。

当他俩都离开大床，只剩我一人时，床顿时显得空荡荡。更重要的是，随着他们的离去，不仅床空荡荡的，我感到我的心同时也空荡荡了，心头总掠过一阵虚空，使我难过。

好多次我想喊卡卡和静静回到我们的床上来睡觉，却喊不出口。

我发现我不想，也不愿求他们。

我不求他们。

后来我安慰自己说这样也好，你们都走了，我一个人睡在床上天宽地宽，横着睡也行，直着睡也行，斜着睡还行。爱怎么睡便怎么睡，多舒服啊！随心所欲，自由自在，很好，很好啊！

果然，我就这么任性地睡了。

一边在床上横七竖八地胡乱睡着，一边拍打着床假装很享受地嘟哝："很好啊，很好啊！"

这既是自我肯定，也是自我安慰，希望这份独占能引来卡卡和静静的注意，让他们忌妒。

可是卡卡和静静好像都没听见，或者假装都没听见，不理我的茬，不搭我的腔。最后我只好自守孤寂。

独占，其实占着的是一份孤独。

长大后我显得很独立，应该就是从这时开始的吧。

阁楼面朝客厅，并没有全部被封起来，而是用木板隔成了一米五左右高的栏杆。夜晚开过晚饭不久大人们就会催我们上阁楼睡觉，而待我们走了，他们就会在客厅的八仙桌上摆开麻将打至深夜。

我和卡卡、静静被撵上阁楼了，就趴在栏杆上看大人们打麻将。

牌声喧哗，哗啦哗啦的声音如流水淌过河床，如浪花拍击河岸。

时间就这样悄然流逝，庸俗又安谧。

大床另一侧的墙上开着一扇小窗，从窗口可以看到外面的世界。

那时候没有高楼，全是低矮的平房，它们拥挤地簇拥在一起，黑瓦白墙，看上去像一幅水墨画，只可惜这幅水墨画因过度拥塞而缺少了水墨画那种应有的空灵。

在白天，我几乎从没注意到有一栋稍高的楼房其实矗立在这些低矮的平房之中。

每到入夜，当其他房子全都沉没在暗黑中，它就会闪亮起特别好看的红彤彤的霓虹灯。在黑夜中一切都暗淡了，隐没了，只有它挺身出来，矗立在我窗前，那么抢眼，那么招摇，那么迷离。

由霓虹灯组成着的是这么几个字：上海第一百货商店。

每个字都流光溢彩，熠熠生辉。

这时，我突然感觉它仿佛不是在遥远的南京路上，而是近得只要我伸出手来隔空就可触摸，近得似乎只有一臂之遥。

这使我感到无比惊异又惊奇。

光明穿透沉沉的黑幕后，竟能极大地缩短空间，让距离在光明的照耀下顿时变短了，使光明看上去不仅耀目，并且近切，而它的醒目让我感到某种温情和暖意。

白天使夜晚像一个梦幻。白天醒来时我曾遵循着夜晚的印象，以为第一百货商店就在伸手可触的地方呢。

我跑出门去寻找记忆里夜魅中的第一百货商店，走向第一百货商店。

我认为肯定就像夜里显示的那样，走几步路就可以走到。

可是，当我走啊走啊，一直走到腿酸脚软，都没能走到。

事实上，它始终在遥远的南京路上，我被夜的假象蒙蔽了。

第一百货商店在黑夜里是那么光彩夺目。可是当白天来临，霓虹灯关闭，它立即就像隐身人一样，变回了平常与平凡，将自己庸俗地隐没在众多的庸俗里。

黑夜和白天的交替，使一栋楼像一出上演着的魔幻剧。

阁楼里除了床和床铺，再没有其他任何东西，它直接、简单地满足睡觉的需要。

我们除了在睡觉的时候会来到阁楼，其他任何时候都不会去阁楼。它被遗忘多于被记住。

2021 年 5 月 11 日

客　厅

　　客厅铺着木地板，放置着全套红木家具，计有外祖父外祖母睡的红木大床、红木大衣柜、红木八仙桌、红木沙发、红木茶几、红木凳子，以及一个红木展柜。这个红木展柜是小舅舅的专属物品，里面摆放着他的嗜好：各种小摆设，各种不知是真古董还是假古董的花花绿绿的瓶儿罐儿。小舅舅除了喜爱摆弄这些真的或假的古旧什物，也追逐新潮：收音机、留声机，后来还有电视机等等，而且他淘来的这些还居然全都是进口货，有苏联的，有匈牙利的。这在二十世纪的七十年代初着实令人惊异。这些有中有西、有古有今的东西，琳琅满目地摆放在客厅里，虽不能说美轮美奂，却也使人眼花缭乱。

　　小舅舅还爱唱歌，但他唱歌不像那首歌唱的"我想唱歌可不敢唱，小声哼哼还得东张西望"那样。他是想唱就唱，想哼就哼，总是在客厅里昂首挺胸亮起嗓子纵情高歌，而且喜欢反复唱同一首歌，百唱不腻，只是在不同时期唱的是不同的歌罢了。

在七十年代最初那几年，他唱的是："临行喝妈一碗酒，浑身是胆雄赳赳。"就是在这个客厅里，他亮开嗓子把这首歌一唱，顿时赢得了我小舅娘的芳心，小舅娘情意绵绵满心欢喜地嫁给了他。

而在八十年代最后那几年，他喜欢反复唱的是《外婆的澎湖湾》："晚风轻拂澎湖湾，白浪逐沙滩……"他一边唱，还一边搂着我的外祖母，摇啊摇，晃啊晃的。

想必一定把我的外祖母摇晃得头昏眼花，找不着北了。

当他唱到"也是黄昏的沙滩上有着脚印两对半"时，常常把外祖母唱得哭了。

鸿丽嬢嬢就会假装一脸怒气地叫着"吴鸿宾！吴鸿宾！"来阻止他。

我小舅舅吴鸿宾仍笑嘻嘻地涎着脸。

我的外祖母一边抹眼泪一边连连对鸿丽嬢嬢摆摆手："叫他唱，叫他唱。"

我猜，这首歌肯定唱出了外祖母的某段经历某种情感，才使她不能自已。

可是，是怎样的一段经历，又是一些什么情感呢？

外祖母从来也没说，大家好像相约过似的从来也没问。那似乎成了某种禁忌。

客厅尽管摆放着全套家具却仍然宽宽敞敞，有着某种大户人家的气息。

有一个问题始终迷惑着我：外祖父家的经济是如何维持的？

这对我一直是个不解之谜。

新中国成立后，外祖父一直是上海邮电局的普通工人，外祖母一生都是家庭妇女。

我的父亲曾告诉我，上海解放前，外祖父有一座工厂，还有许多房子。解放时，他为了表达对新政府的欢迎、拥护与支持，除了留下一座自住四合院，就是现在我们住着的这座院子外，把所有的私有财产全部捐献给了政府，并发挥他在无线电方面的特长主动去邮电局当了一名邮电工人。从此，以这个身份终老。

外祖父和外祖母膝下有十个儿女，最大的生于二十世纪三十年代，最小的生于二十世纪五十年代。除了其中一个夭折，其余的都健康成长，而且基本都受到了良好的教育。

像我的大舅毕业于名牌大学。大姨妈就读于医科大学。我的妈妈毕业于医专。

但是有这样一个趋势，就是由老大至老小，受教育的程度渐次呈每况愈下之势，到了最末一个老小——我的小舅舅，仅有高中文化了，毕业于"文革"时期。

看着这样一张线性的、不可逆的家庭成员受教育程度趋势图，不禁让人唏嘘。

上海的外祖父的家庭是这样，其实在广西的我的祖父的家庭也是一样。

我的伯父、我的父亲都受到了良好的教育，一个当了教师，一个当了医生。

但他们的弟弟妹妹们都没能得到良好的教育。

三叔的受教育程度是初中。老小——我的小叔勉强小学毕业，差一点连书都读不上，成了文盲。

我的外祖父外祖母有众多的儿女，孙子辈就更多了。大舅舅有三个儿女；大姨妈有两个女儿；惠丽孃孃有三个儿女；悦丽孃孃有两个儿子；等等。

而且，有一个令人惊奇的现象：不管是孙子、外孙，竟然大多都被放置在外祖父家寄养。

像大舅舅工作在西安，他的儿子，即外祖父的长孙卡卡就寄养在外祖父家。

我的母亲工作在广西，我也寄养在外祖父家。

惠丽孃孃在新疆工作，她的女儿——静静表妹也寄养在外祖父家。

因此，这个家里人口如此众多，经济如何维持真是一个令人不解的谜！

可是不知为什么，我从来不敢深入地探究，这对我至今仍是个谜。

客厅是真的大，当我们全在客厅相聚时，从来也不觉得拥挤。

古人讲"有容乃大"，其实更多时候是有大才能够容。

在客厅里最经常上演的是打麻将，而且这麻将都是自家人打，从来不邀外人。

每当入夜，大门一关，我的外祖母加上众多的孃孃就会在八仙桌上铺上毯子，把麻将盒拿出来，打开，将麻将哗哗啦啦地倒在桌上，上演起"方城之战"。

主角是我的外祖母，她坐镇一方，从来也不缺席。

配角是孃孃们，她们轮番上阵。

我的小舅舅充当小厮，端茶送水，屁颠屁颠。好像他也乐此不疲，总是笑呵呵乐呵呵的，一副甘于周到服务热心侍候的样子。

我的外祖父从来不参与"方城之战"，甚至连看也不看。在大家进行"方城之战"，或者是参与或者是旁观时，他到底在做什么，竟在我的记忆里奇怪地空白了，缺失了。

他不存在着。

我不知道这是为什么。

这时，他好像在这个大家庭里完全是个没有存在感的人，完全是个可有可无的人，完全是一个被掩隐了的人。

对我来说，客厅上演的最有趣的剧目还是吃饭。

作为生长于二十世纪六十年代的人，我不知道自己是不是与别人不同，在我的印象里，在我阅读的书籍中，每遇到生于六十年代的人，他们好像在童年里都充满了饥饿。饥饿似乎是这代人童年的一种集体经历与集体记忆。

我的童年从来没有忍饥挨饿过，不管是在上海的都市，还是在广西的乡村。

现在想来，那时我与我周围的同伴基本也没多少差别。在上海的弄堂里，那些与我同龄的别人家的小孩，我的玩伴们，我可以肯定地说与我并没有太多差别，他们同我一样，不会有一个人忍饥挨饿；而在广西的乡村，情况会有一些不同，在我们卫生所以及公社里，孩子们也都像我一样虽然过得并不丰赡却没有一个人缺衣少食，但村上的孩子会缺少衣服，穿得有些破烂，不过基本也都还不至于忍饥挨饿。也许这是南方的状况吧，毕竟南方万物易长，天然丰沛。

尽管在七十年代百业有所凋敝，但是并非全部荒废荒

芜，比如那时候兴起的水利建设不仅让田地增产增收，还泽被至今。

外祖父家的早餐中餐都不会在客厅开，只有晚餐会在客厅。

各人早餐时间参差不齐，先先后后，不必聚在一起，所以用不到客厅。

中餐，上班的都在各自的工作单位开了，也用不到客厅。

只有晚餐，大家会到齐，饭厅装不下，就非得用上客厅，非在客厅开不可了。

我很喜欢在客厅开饭的那种氛围。那是一种热气腾腾的、充满了世俗欲望也即口腹欲望的氛围。

温暖，俗气，近于甜腻。

外祖父、外祖母，孃孃们，姑父们，还有小舅舅、表兄弟姐妹们，一般十五六人，济济一堂。

如果再多的话，就要另开一桌了。

馨良姑父总是招呼我坐在他的身边。我不知道为什么他总对我格外亲昵。

好多次我都在想，他是不是格外喜欢我。可是我总不能确定，不敢确定，所以不敢相信。

他有一双儿女：黛黛表妹和凯凯表弟。他们与我年龄相当，而且都漂漂亮亮，如金童玉女，不像我长得歪瓜裂枣、面目可憎。跟他们站在一起，我总是自惭形秽。

因此，我不觉得馨良姑父还有什么理由要更加喜欢我一点。

他每次招呼我时，我都言听计从，装作乖乖的样子贴着他的身边坐下。

每次他都会亲切地搂一搂我，让我贴身感受到他对我关爱的温馨气息。

人太多的时候，会在悦丽孃孃的卧室再摆下一桌。在悦丽孃孃卧室里摆下的那一桌成为晚辈们专有的座席。

这时，所有的小辈由小舅舅统领，全部去那里就餐。

可我常常除外，因为就算这种时候，馨良姑父也仍要我坐在他身边，享受大人们的待遇。

这让我的不少表兄妹们忌妒，却让我更加惶恐。

开饭的时候，馨良姑父会主张我喝一点啤酒。他拿啤酒杯倒了半杯微笑着递给我，示意我伸手接。

我总是犹豫，不想接。

我的母亲见了，就说："戆大，姑父给你，你就喝吧。"

我只好伸手接了。

关于啤酒，陈丹燕在她的《五原路：亡者遗痕》里也有满满的回忆。在读她的文章前，我一直不知道原来陈丹燕和我一样，也是从小生长在五原路的。而且她生长在五原路的1971年也正巧是我生长在五原路的时候，可是我们无缘相识。如果有缘相识，那该是一段多么美好的记忆呀！她这么写道："这是一条充满规规矩矩的日常生活气息的小街，即使是在1971年的夏天，在五原路上还可以看到，小孩提着家里的热水瓶，去华亭饮食店打一瓶生啤回家给爸爸妈妈喝。"我肯定也是这些小孩中的一员。

其实，我一点也不喜欢酒，就算现在也一样。

"戆大"是上海话，翻译成白话就是"傻瓜"。我的母亲喜欢把我叫作"戆大"，有一种亲昵又有一种我不谙人事的意味。我想，也许我真的很"戆"。

餐桌上总是非常丰盛，各种菜肴摆满了一桌，琳琅满目。馨良姑父总是说："罗海，喜欢吃什么，告诉姑父。"

我往往羞涩得不好意思启齿。

虽然不说话，眼睛却一览无余地泄露了内心的渴望。

只见我的眼睛盯着我喜欢吃的菜，一眨不眨，一动不动。

比如盯着一只色泽鲜亮的红烧蹄髈，一块儿被煎得金黄喷香的带鱼，暗示给姑父。

姑父"善解人意"，立即笑眯眯地把这些菜一块儿一块儿夹到我碗里，一边夹一边说："喏，阿拉妮子喜欢啊，吃吧！"

我顿时开心得眼睛笑成一道缝，拿起筷子夹起这些菜送进嘴里，大嚼特嚼，大快朵颐。

这些美好的记忆，填充了幼年的客厅。

客厅除了用来打麻将作饭厅外，还用来作摄影厅。

我们的大舅舅在西安，惠丽孃孃在新疆，菊丽孃孃是在安徽，我们在广西。大家分布于五湖四海。

当有人从外地回到上海相聚时，一定要在客厅照相。

前几天翻一本相册，我还翻到了在客厅照的其中一张相片呢。

在这张相片里，我看上去有十来岁了，站在小舅舅身边。静静表妹、鸣鸣表弟、军军表弟等只有六七岁、八九岁的样子，团团围绕着我俩。静静表妹比较娴静，其他几个表弟各有姿态，大家都一齐盯着镜头。

我非常不爱照相，所以所存照片不多，而在客厅里的照片尤其少。

在这张照片上，我看起来也还好看，这是悦丽孃孃的功劳。

每要在客厅照相了，悦丽孃孃都要把我扯住，拉我进她的卧室，让我端坐在她的妆台前，为我涂脂抹粉。

我是男孩啊，又不是女孩。

可是，悦丽孃孃不由分说："坐下！"然后手脚麻利地在我的小脸蛋上小嘴唇上又涂又抹，直到令她满意为止。

唉，不知道只是我受着这份活罪还是别的表兄妹也享受着同样待遇，不记得了，记忆里已经没有了。

在某些时候，我们总是需要打扮生活打扮自己，比如照相的时候。

在岁月的长河中，我们留下来的很多时候基本上就不会是真实的自己，就不打算是真实的自己。

我五六岁时，每到冬天，妈妈都会安排我在客厅过道上洗澡。

把一壶水烧滚了，冲进暖水瓶里。一壶水可以冲满两只暖水瓶。然后再烧一壶水。等到第二壶水烧开了，就把汤婆子拿来冲满，将洗好澡后要穿的衣服包在汤婆子上烘暖待穿，接着烧第三壶水。

妈妈一边等着第三壶水烧开，一边去厨房把一只大澡盆拿来摆放在客厅的过道上，拎一桶自来水放在旁边备用。

妈妈在兑热水准备给我洗澡时，我就抬头警惕地搜索客厅。只要客厅有人，我就要求妈妈把所有的人都请出去，一个也不许留，不许看我洗澡，人不走我就不脱衣服。

外祖父和外祖母总是笑眯眯地率先走了出去，其他人也跟随着鱼贯而出。

只有悦丽孃孃大大咧咧满不在乎的样子，待着不动。她说："小人家哪来那么多事！"

我妈妈就笑，打算这么将就了，可是我不依，嗲着声叫："妈妈……"

悦丽孃孃听了连连说："好啦好啦，我走。""妈妈……"她边走边学着我的叫声，大摇大摆地出去。

我不好意思扭捏地笑，一定要目送她走出去返身掩上门这才安心。

可是有时候我正光溜着身子洗澡，小舅舅会在客厅外面捣乱，故意推开门，探进一个脑袋来，一边看着我一边坏笑。我鞭长莫及，连忙下意识地用两只小手护着自己的小鸡鸡，满脸羞赧，感觉无地自容。这正是他要的效果。

2021 年 5 月 12—15 日

澡　堂

可是，同样是脱光了衣服赤条条地洗澡，当我在澡堂洗的时候，却不怕别人看了。真是好奇怪。

我除了在客厅洗澡，也在澡堂洗澡。

不知道为什么上海的外祖父家里会连一间洗澡房都没有，我们在安陲卫生所住着简陋的木皮房，父亲都还会在厨房里用杉木板隔出一块儿地方做成洗澡房。而上海这么大一栋洋房却连一间洗澡房也没有。也许是一种生活习惯、生活习俗使然吧！

人们要洗澡，就得去五原路上或者乌鲁木齐中路上的澡堂。小舅舅去的时候，常带我去。

不管是五原路上的澡堂还是乌鲁木齐中路上的澡堂，体例、格式都一样。不同的是，五原路上的是一家小澡堂，乌鲁木齐中路上的是一家大澡堂。

离我们家最近的澡堂在五原路上，出了门走出弄堂，就到五原路上了。

澡堂在五原路的中段，是个小小的门脸，正对着马路，

带弹簧的双开玻璃门，用手推开后一放手它会自动合上。门楣上挂着一只亮着昏黄灯光的灯箱，上面写着"澡堂"俩字。白天，这样不起眼的门脸几乎容易被忽视。只有在入夜了，黑暗中灯箱上的灯光亮起来了，才有些醒目。

进去，首先是一个开间，里面空荡荡的，没什么摆设。然后是一个中转房间，尽头分左右两道门，男男女女到这里就要男归男女归女，"分道扬镳"了。男左女右，左边的门旁写着"男"字，是进男浴室的门；右边门旁写着"女"字，是进女浴室的门。都用厚厚的棉帘子挡着，进去时把门帘子一掀会有一股澡堂里的热气迎面扑来，暖烘烘的，在寒冷的冬天如沐夏天的熏风，一下子氤进人心里。

进了澡堂，是一个大堂，四壁镶满了一格格用来给前来洗澡的顾客寄放衣服什物的小柜子。中间摆着许多高的矮的凳子椅子。有人躺在高椅上，身上盖着温热的大浴巾，把脚搭在矮凳上，十分受用地让澡堂的修脚师傅修脚。人好像睡着了，打着一下长一下短的呼噜。小舅舅有时会怂恿我坐上凳子去也让修脚师傅帮我修脚。修脚师傅笑眯眯地望着我，对我招手："来来来，小囡囡。"他这么招呼，让我顿时羞涩起来，害羞着不肯，扯着小舅舅的手躲避。修脚师傅会哈哈笑。

我小时候很野蛮，又很容易害羞，害起羞来像一个小姑娘。

野蛮和害羞是那时在我身上同时存在和体现出来的两重性格。

这两种性格使我常常不是走上这一个极端，就是走上另一个极端。

我认为修脚是大人们的需要和享受，尤其是老人的需要和享受，像我这样的小毛孩是不该得的。

在大堂里，我们找好存放衣物的小柜子，脱掉衣服放进柜子里，赤条条地朝浴室走去。

所有的人都赤条条地走来走去，有的正走进浴室，有的正走出浴室，都神情坦然。

人生来就是赤条条的，在这里，当再次回归赤条条的时候，我们看来可以平静如水，淡然以对。

浴室里的浴池让我眼睛发亮。

这是一个约十米宽、十米长的正方形浴池，它顿时让我想起了游泳。我在安陡的山村已经学会了游泳。

安陡的泗欧河有急滩和河塘，我和小伙伴们有时候在急滩里中流击水，更多时候是在深水静流的河塘中上下沉浮。

我一直认为我是属水的，遇水而生，靠水而活。我是多么喜欢水，我是多么喜欢在水中畅游！

可是，在上海，　次也没有游泳的机会。

看到浴池，我立即产生了要进去游泳的欲望。

我两眼放光，兴奋地望着浴池，然后扭头看向小舅舅，用眼睛向他征询：我可不可以下去游水？

我不能肯定小舅舅会同意，我几乎肯定小舅舅一定不会同意。

很多时候，小舅舅总是爱故意同我唱反调。比如吃饭的时候，我说我要盛一碗饭，他听见了会故意盛给我一碗粥。

可是这次小舅舅竟意外爽快地点头同意了。

我爬进浴池，先让身子泡在水里，然后悄悄地把整个头也沉入水中，在水里潜泳。

浴池里有不少人，他们或坐在浴池的周边，或站在浴池的中间；或者正在擦身，或者正在搓背。

我潜在水里，用双手划动着水，在丛林一样的身体中钻来钻去，体悟潜泳的乐趣。我一会儿像一条鲸鱼一样浮出水面从嘴里喷出一口气，一会儿又潜入水下自由遨游。我感到美妙无比，惬意无比！

小舅舅装作并没有关注我的样子，兀自在一只花洒下打开水龙头哗哗地冲洗，可是眼睛的余光却不停地瞟向我。我每次潜水出头都要看向他，发现他立即假装根本不关心我。

如果是在乌鲁木齐中路上的澡堂，浴池更要大上不止一倍。在那里游起泳来，更有种海阔凭鱼跃的感觉了。

因为能在澡堂里游泳，所以后来去澡堂成为我心里存着的渴望。我总盼着能去澡堂洗澡，能够快乐地游上一回泳。

小舅舅肯定看在眼里了，有时他准备去浴室了，又故意改变主意不去了，好让我因为不能跟去而难受。

我果然非常难受。

有的人并不是坏人，但常以别人能有小小的不乐为乐。我的小舅舅就是这样。

好多次在梦里，我梦到自己正在浴池里美美地游泳。这就是日有所想，夜有所梦了。

浴池不仅有美妙的水，还有腾腾雾气。人像在云中行走漫步，入仙境一般，也很美好！

1983年，我在广西的融水中学上高中。有一次，学校安排看电影《虎口脱险》。当我看到指挥家和油漆匠在雾气蒸腾的浴池里，找错了对象，朝着一个大胡子叽叽歪歪、挤眉弄眼地哼唱"鸳鸯茶，鸳鸯茶，我爱你来你爱我……"对暗号时，不禁乐不可支地捧腹大笑，也勾起我对小时候在上海浴池游泳的怀念。

"鸳鸯茶，鸳鸯茶……"我和同学们都非常喜欢唱，也非常好奇，法国居然有一种叫"鸳鸯茶"的茶。"鸳鸯"不是我们中国的一种意象吗，怎么人家法国也有啊？很多年后我才知道，所谓的"鸳鸯茶"不过是我们中国导演的创造，歌词直译应该是"情侣茶"，中国的演员用中文唱出来时拗口，导演想了想，灵机一动改成"鸳鸯茶"。至于法国到底有没有鸳鸯茶，导演说，那就随它去了。文学艺术有时候就是这样吧。

2021 年 5 月 17 日

老虎灶

　　五原路上，正对着我们弄堂口的，就有一家老虎灶。

　　我的外祖母有时会对我说："囡，去，买一壶水来。"然后从口袋里掏出两分硬币递给我。是两分，而不是一分。其实买一壶水只要一分钱就可以了，但是外祖母每次都是给我一枚两分硬币。她是特地有意为之，目的是让我这个小馋猫同时有机会买一颗水果糖解解馋。

　　我立即怀里抱上一个暖水瓶，手里拿着外祖母给的两分钱，翘着小屁股快乐地屁颠屁颠跑出门，飞快地奔向老虎灶。

　　我快乐是因为我知道除了买水外又要有糖吃了。

　　我因为快乐，一边跑一边手舞足蹈，大唱儿歌。

　　最常唱的是《一分钱》："我在马路边捡到一分钱……"一边唱，还一边举着两分钱舞蹈。

　　舞着舞着，我甚至认为我有舞蹈的天赋了呢。想象自己在舞台上舞蹈的美样，兀自笑。

　　有时我还会学着芭蕾舞剧《红色娘子军》里的吴琼花，

踮起脚尖，走猫步。

有一回，我正得意扬扬这么走着，忽然脚下一软跌了一跤。怀里抱着的水瓶无可挽救地砸在地上，发出手雷爆炸般的响声。只见瓶胆飞出银光闪闪的碎片，铺满了一地，在阳光的照射下，耀得我的眼睛都睁不开了。

我没有爬起来，而是趴在地上大哭。

既是哭痛，也是哭闯祸了。

不知外祖母是被爆炸声惊动了，还是听到了我的哭声被我的哭声召唤了，很快便出现在我面前。

见她到来，我更放声大哭。

外祖母见状，站在我面前并不把我抱起来，而是袖着手大骂着说，为什么使坏让她的乖囡跌跤。"打它！打它！"她一边嘴里念念有词，一边用脚顿着地，好像真的在惩罚着使我摔跤的地呢。

我见了觉得太有意思了，太搞笑了，顿时破涕为笑。

我的母亲总说人狂有祸，又说乐极生悲。我总是不同意，尽管事实好像一次又一次在证明她说得对。反正，我就是不信。

买一壶热水花一分钱，还剩一分钱，烧老虎灶的老师傅就会拿一粒糖给我，算是找零。

糖是水果硬糖，用印花蜡纸包着，橘黄色，带着果香，拿在手里还没打开就能闻到水果般的清香味儿了，非常诱人，令人垂涎欲滴。

每次热水买好了，我一边抱着水壶走回去，一边掰开水果糖含在嘴里咂吧，感觉满嘴生香。

这种滋味一直香到现在。

在上海的外祖母家，我有着众多的表兄妹们。我的外祖母和外祖父对待这些晚辈是不是一碗水端平，那时我还小并没有这种判断，但至少是没感觉到有什么不平。

倒是每每回忆，我总是觉得我特别受到宠爱。

我与西安的卡卡表哥聊天时，他却不同意我的这种感觉。他认为我们小时候，自然是他特别得到他的祖母祖父也即我的外祖母外祖父的疼爱，他说他可是吴家长孙啊！

我听了不以为然，只觉得好笑而不语。

看来我的外祖母外祖父非常有维系家庭和睦的才能，我的孃孃舅舅们有九人之多，我们小辈就更多了，在这个大家庭里大人们从来不争不吵，始终和睦相处，亲昵亲爱。而且外祖母外祖父能够做到让每个人都感受到他们特别的疼爱，真不简单！怎么做到的，真是一个奇迹！

2021 年 5 月 19 日

悦丽孃孃的卧室

悦丽孃孃的卧室除了是她的卧室，前面说过还得常常充当我们小孩的餐室，以及我们在客厅照相前的化妆室。

悦丽孃孃在豫园的一家国营珠宝店上班。

在二十世纪七十年代，珠宝店的销售对象主要是外宾。

店里除了卖金银首饰珠宝外，还卖许多出口转内销的其他商品。

悦丽孃孃经常会把这些新到的出口转内销商品带回家给大家分享。

这些商品都是我非常喜欢的。

我现在记得的有两件小东西：一件是一柄檀香扇；另一件是一张绣花方手帕。

我喜欢它们，是因为它们的香，那香气香得扑鼻。

正是它们的香气扑鼻，才使我不能忘记，记忆至今。

特别是那方手帕更让我惊喜，我没想到手帕居然也能发出香味，真是太神奇了，简直太美妙了！

手帕是白底刺绣的，也许是绢做的，捏在手里有一种

异质感，非常舒服。上面绣的是中国传统花样，显得高洁素雅。

我得到这样的手帕后，曾一打一打地带回安陆，像藏宝一样藏在我的衣橱中。记得在好长一段时间里我每天从学校放学回来第一件事就是迫不及待去打开衣橱，俯身凑过鼻子去深深地嗅一嗅手帕散发出来的香味，真是令人陶醉。

我的母亲看在眼里总是笑而不语。

她一定觉得她的儿子是一个痴小孩。有时，她除了笑还会加一句"戆大"，但是好像很得意很欣赏很纵容自己儿子的这种痴。

我把这些手帕很宝贝地藏着，而我的母亲不这样。她把手帕带在身上该怎么着怎么着，正常使用：擦手，擦脸，抹汗。

我看着感到很惋惜很遗憾，我很不愿意很不情愿很不希望母亲这样。

母亲也看出来了，可是她不屑于理会我的这种情绪，这让我怅然若失。

她不但不理会我的这种情绪，还劝我也把我的手帕拿出来使用。她说，手帕不是拿来藏宝的，是拿来用的。

可是我固执地不答应。

现在再回想起来不禁莞尔。

因为痴，因为爱，因为喜欢，我们常常情愿让一种东西改变了应有的用途，甚至宁愿使它成为无用之物。

我在上海的时候，悦丽嬢嬢带着鸣鸣、军军住她的这间卧室。鸣鸣、军军的爸爸，也即我们的坤荣姑父那时一直在援外。具体是在坦桑尼亚支援亚非拉建设，一年甚至两年才回一次。

坤荣姑父脸色黝黑，不知道是天生的还是被非洲过分充足的阳光晒黑的。四方脸，棱角分明，大约一米八高，在我们南方属于高大威猛的形象了。不苟言笑，看上去甚至有点木讷。他身上总罩着一件厚厚的呢大衣，也许在非洲待久了，令他已经不太习惯上海的气候，总觉得冷。

想象他出入在非洲的丛林中，我总是不觉要记起胡松华唱的那首关于非洲的歌——《亚非拉人民要解放》："……来，来来来，嗨！亚非拉人民要解放……"那歌非常有气势，曾经打动了我。

关于这首歌，后来刘欢在自己推出的专辑《六十年代生人：给我的同龄人及后代》中进行了改编和翻唱。推出时，他把歌名给改啦，改为《亚非拉》，以摇滚乐的形式重新演绎。

当我们去翻出尘封的历史，试图把它重新展现出来的时候，是对它重新打扮一下好呢，还是原封不动有样照样地拿出来好呢？

再说悦丽嬢嬢的卧室，当这间卧室变身为我们小人们的餐室时，如果我能够坐在其中，那我肯定是非常欢喜的。

只见好大的一张桌子，围坐着一群六七岁、八九岁的孩子，这时的世界好像忽然被改变了，改变成了小人的世界。

在这里，我们自己管理自己。

我们学着大人们的样彼此碰杯，举杯高祝。

在这群小孩中，年龄比我大的有娟娟姐姐、宝宝姐姐。她俩是大姨妈的女儿。俩人像一个模子里倒出来的，都圆脸皓齿，眼睛清澈明净，模样乖巧，巧笑倩兮，非常淑女。

　　她俩并不跟我们住在外祖父家，她们有自己的家。大姨妈大姨父以及娟娟姐姐、宝宝姐姐住在人民广场附近。我每次去他们那里，娟娟姐姐和宝宝姐姐总会一同出门到几百米远的地方迎候我们。我总觉得这个礼数也过于隆重了，从这里可看出娟娟姐姐宝宝姐姐家教甚严，自身具备很好的教养。

　　大姨妈家住在一栋老式石库门里，在二楼。楼梯间几乎没有采光。

　　她俩便会自然分工：在昏暗的楼道中，一个在前指点、引导，一个在后庇护、护卫，带着我们上楼。

　　走在路上，每次我都感觉娟娟姐姐宝宝姐姐像天上的仙女，她们引领我一步步踏着楼梯上升，升上那如梦如幻的仙境。

　　在我的幼年，娟娟姐姐宝宝姐姐在我的心里始终带有仙气，只可敬爱，不敢亲近。

　　在我们这一辈，除了娟娟姐姐宝宝姐姐，还有一个比我大的人，那就是卡卡表哥了。他来自西安，与我一同寄养在外祖父家，而且很长时间我们是同床共梦。

　　但他作为吴家长孙对自身在吴家的身份地位有清晰清楚的认识定位，不像我里外不分，亲疏不明，懵懵懂懂。

　　我在吴家个性基本霸道，常常抢夺卡卡的东西。

　　在我的心灵深处，外祖父的家就是我确确实实真正的家，既是肉体的家，也是灵魂的家。我从来没有感觉被疏离过，这个家，我在其中感到水乳交融、血肉相连。

　　可是有一次也许是我又抢占了卡卡的什么，我与卡卡吵架了，卡卡板起脸以主人的姿态命令我离开这个家，回我自己的家去，说这个家是他吴家的家，不是我的家。

我听了如听天书，觉得他是在痴人说梦。

这个家怎么会不是我的家?!

我们为此彼此夹缠不清。

卡卡就去搬来他的伢叔，也即我的小舅舅，要小舅舅居中讲一句这个家到底是谁的家。

看着小舅舅被卡卡逼住了，扭扭捏捏的样子，欲言又止，我突然有一点点疑惑了。可我还是不相信卡卡的话，我坚信这个家既是卡卡的家也是我的家，是我们共同的家。

我也上前拉住小舅舅的另一只手，也要求小舅舅赶快说这是我的家。

小舅舅被我们两个紧紧地架在中间，露着哭笑不得傻傻的样子，呵呵笑着，就是不搭腔，不说话，不做评判。

最后我和卡卡一齐愤怒地甩开他的手，气咻咻分头走了。

在我的记忆中，我和卡卡的这种争执只发生过这一次。

我们很快便和好如初，而我亦一以贯之地对他进行各种"掠夺"和"抢劫"。也许他是当家大哥懂得应该肚量大些，对我的"侵占"总是一笑置之，让着我。

同辈中除了这三个大姐大哥，其他都是我的小弟小妹了。当我们大家在悦丽嬢嬢的卧室临时改成的这间餐室里进行自治式进餐时，他们差不多都以一种高山仰止的神态依附过我。这世上谁越显得独立，所得到的依附就越多。

2021 年 5 月 22 日

饭　厅

如果从外面推门进屋，打开门就是饭厅。门是一道木头做的双开门，是杉木、松木，还是其他的什么木已经看不出来了。上面雕着传统的中国式花纹图案。门上镶着一对铜环，大风起时它们会把门敲击得咚咚响。整个门显得古朴，沉淀着岁月沧桑。每开关门，门都吱呀有声，像是一个老人长长的叹息。在这叹息声中，打开和关上的除了我们的生活还有过去的风声雨声隐匿着我们祖先的历史。

饭厅里摆放着一张餐桌、一只橱柜、多张凳子。

橱柜有两米高，超过两米宽，木头做的，颜色黝黑，四角以及门楣都雕饰着花纹，置于与厨房连接的地方，散发着烟熏的味道。里面摆放着众多的锅碗瓢盆，一包一包备用的油盐酱醋，还有奶粉和麦乳精。

在安陲的时候，麦乳精是陈松的珍爱，他讨好人时便会把这份珍爱奉献出来，说："走，到我家喝麦乳精去！"然后率先领头走着。

被他邀请的我们便随后跟着。

到了他家，我们鱼贯而入，各自在桌边坐好，两手放在桌上，等待陈松拿出麦乳精，一碗一碗冲兑给我们。

在等待中闻着麦乳精的浓香，我们的哈喇子都流出来了。

一般情况下，陈松的爸爸妈妈这时都不在家上班去了，有时陈松妈妈会突然回来。

当她破门而入时，迎面见到了这出场景，并不吭声，而是用特别严厉、冷冷的眼光望向陈松。眼神中带着的寒冷像一把刀切割着陈松，让陈松哆嗦。

我们见了觉得大事不好都讪讪地低下头，好像做了见不得人的事，满脸羞愧。但是谁也不肯开溜，死皮赖脸也要等得到这一碗麦乳精。

陈松妈妈始终也不说一句话，她用眼睛切割了陈松后，会迅速地拿起一件什么东西，转身风一样走了。我们顿时松了口气。

这时，黄家明会一边端着麦乳精喝一边说："陈松，我们是永远的好朋友！"

我们一齐端着麦乳精一边喝着一边齐声附和道："陈松，我们是好朋友！"

像是一个盟誓，令陈松非常感动，表示下次定要再来请我们喝麦乳精。

但是喝罢出门的时候我们都下定决心，从此再也不来陈松家喝麦乳精了。

可是待下回陈松再次慷慨地邀请我们说"走，到我家喝麦乳精去"，我们立即全都忘记了当初下定的决心。

奇怪的是，在上海，麦乳精却从来也没有吸引过我，我甚至发觉在上海我根本不喜欢麦乳精。这时，我不仅闻到了麦乳精浓郁的香味，还闻到了麦乳精发出的混合着多种食品的不纯正怪味，我发觉这个怪味使我非常不喜欢。

可是无法理解的是，一到安陲我就喜欢上了麦乳精，尤其喜欢上了陈松家的麦乳精，好像陈松家的麦乳精，与我们上海家的麦乳精完全不同，完全是另一种东西似的。

为什么会这样啊？

那时，如果陈松长久不请我们到他家喝麦乳精，我就会非常想念和渴望。最后终于忍不住很厚颜地去问陈松："陈松，什么时候带我们去你家喝麦乳精呀？"

一块儿玩着的小伙伴们听见了，一齐拥上来附和道："是呀，是呀。"然后，拿眼睛盯着陈松。

陈松听了，抬头想一想，认真地答道："好吧，那我们现在就去吧。"或者说："改天吧。"

如果他说立即就去，我们会欢天喜地地跳起来。如果他说改天吧，我们就都很失望，但想改天还可以去，心里又快乐了。

在上海，我最喜欢的是奶粉。

奶粉总是被外祖母放在橱柜最顶端，用一只马口铁罐装着。

我的妈妈教我冲奶粉：先把奶粉倒进碗里，加糖，然后倒入少许温水，用调羹将奶粉和水调匀成糊，最后再兑开水即成。

我最爱吃奶粉糊糊，每次把奶粉调成糊了，就用手指挖一勺放进嘴里。那种味道不是奶水可比的，除了浓香，还能感觉到牛脂在舌尖慢慢融化的美味。

可是每回妈妈只容许我用手挖一小勺。她心疼地说："哪有那么多供你挥霍啊！"我却觉得，把奶粉冲成奶水也是吃，吃牛奶糊糊也是吃，为什么不可以呀？

在外祖父家里，人们都是零零落落先后起来在饭厅吃早餐。

早餐的经典吃食是泡饭，和着酱瓜酱菜，也有大饼、油条，加上豆浆。

每回最早在饭厅吃早餐的是鸿丽孃孃和悦丽孃孃，时间是凌晨五点多，她们要赶着去上班。最后是我们：我、卡卡以及静静。

中午的午餐我几乎没有存着记忆。

好像我们家没有午餐这一餐似的。

晚餐一般要在晚上八点后开。鸿丽孃孃和悦丽孃孃每天去上班，早出晚归，在晚上八点左右才能回到家。等她们回来了，就是开晚饭的时候了。

有时我饿着肚子等她们，等得两眼都发绿了。可是外祖父和外祖母岿然不动，尽管饭菜都煮好了，甚至摆上餐桌了，但人没到齐谁都不许动，这是吴家的规矩。最小的一个孃孃——菊丽孃孃看出我饿得眼睛都发绿了，会抿嘴一笑，偷偷塞一块儿饼干给我充饥。

就是从那时起，只要我一饿狠了，不但眼睛要发绿，身上还会打抖，发冷汗。大概就是那时给饿坏了的。所以一个家庭，特别是一个大家庭，规矩还是不要太多，太谨守，太

多太谨守是会害人的。

　　饭厅的灯是一盏白炽灯，就悬挂在餐桌顶上，发出红黄的温暖光泽，很温馨。它照耀着古旧的餐桌，照耀着古旧餐桌上碗碟盛着的新鲜出炉的菜肴，照耀着这些新鲜出炉的菜肴散发蒸腾出来的香香的热气。

　　这种氤氲的气息弥漫在整个饭厅，简直令我着迷！

2021 年 5 月 23 日

泡　饭

　　每天晚上外祖母煮晚饭的时候总要有意多煮一些饭，以备第二天用。

　　第二天早上一早起来，外祖母做的第一件事就是把前一天多煮的剩饭拿来煮泡饭。

　　将煤炉捅燃了，然后架上锅，往锅里倒入剩饭，加足水，烧开，泡饭就煮好了，非常简单。如果是在冬天，烧好了的泡饭，外祖母会端离煤炉，把它放进捂窟里捂好，以便保温。这样不管谁在什么时候吃，就都能吃上热乎乎的泡饭了。夏天自然不用放捂窟保温，但在记忆里泡饭好像总是捂在捂窟里的。记忆就是这样，记忆总是选择其中一些东西而遗忘更多东西。哪个说他记忆特别好，什么都能记住，我总是持怀疑态度。

　　我的妈妈到安陲，离上海几千里远。地域远了，生活习惯并不远，都带在了身边呢。她煮晚饭也像我的外祖母一样，总要有意多煮一些，留到第二天吃泡饭。

　　外祖母煮的泡饭总是带着锅巴味。盛在碗里的泡饭经常

是金黄色的，吃起来有一种烟熏火燎的味道。这就是人间的烟火味了吧。我想，的确是的。

小时候我最喜欢的泡饭吃法是在泡饭里加白糖。有了白糖，似乎什么菜都可以不用要了。

除了在吃泡饭时在泡饭里加白糖，吃干饭时，我也喜欢在干饭里加白糖。

把白糖和在饭里，饭还是饭，糖仍是糖，扒进嘴里，白糖被我咬碎时发出嘎吱响的声音，听着无比美妙。

吃着自己喜欢的东西，嘴巴和牙齿不停咀嚼的过程是一种贴着身或者贴着骨肉的享受。

而品味着糖在嘴里咀嚼的时候氤进饭里，饭又被我嚼出的淀粉融在糖里，顿时产生一种奇妙的甜，既不是糖的甜，也不是淀粉的甜，而是一种心里的甜。这是一种多么美好又美妙的滋味啊！

我还喜欢在泡饭里加油条。

把一根油条拿在手里，一截一截涸入泡饭。

泡一点，拿出来放进嘴里吃一口。

油条被泡饭的汁水浸润了，油条还是油条，可是又不完全像油条了，它被泡饭改变了品性和味道，是一种更加温和且有点含情脉脉的品性和味道。油条的火暴脾气顿时变成了温柔的脾气，让我喜欢。

早上上海家家户户都在煮泡饭吃泡饭。书上说上海人之所以养成早餐吃泡饭的习惯，是因为上海生活节奏太快了，尤其是早上总是像打冲锋一样，所以早餐只好将就一下，以极快的速度用开水把饭一泡了事。

　　开始时我十分相信这种说法，现在我觉得上海人喜欢吃泡饭，不仅是被迫无奈，更是上海人性格使然。

　　姑妈来到我们在安陲的家，早餐由她操持。她也煮类似于泡饭的饭，但不同的是她把前一晚剩下的饭，还有所有的菜，通通倒进锅里一起煮，叫一锅烩。

　　妈妈见了大惊小怪，眼睛睁得大大地望着，觉得不可思议，不敢相信。

　　姑妈见她这样，倒笑了。她望着我父亲不解地问："你们早上不煮一锅烩？"

　　父亲却笑而不语。

　　在广西做早餐不像上海单单用前一晚的剩饭做成泡饭。广西人做早餐也用前一晚剩下的饭做食材，但会把前一晚吃剩下的汤汤水水一块儿倒进饭里煮。

　　这两种煮法真是代表了两个地方人的不同性格：上海人讲究，得体，再忙也要弄得清清白白，煮的必然是泡饭。广西人大大咧咧，满不在乎，煮的一定就是一锅烩了。

　　母亲在惊讶中端着碗吃了一口姑妈煮的一锅烩，摇着筷子，啧啧有声，大赞好吃，然后掉头来问父亲："怎么从不见你煮过？"

　　父亲依旧笑而不语。

　　倒是我的姑妈醒悟了，望望我的妈妈，又望着我的爸爸，露出会意在心的意味深长的笑。

2021 年 5 月 25 日

捂 窟

在想写《捂窟》这一篇的时候，怎么也回忆不起来在上海冬天用来保温饭的这个什物应该叫什么了，只好在微信里问上海的秉秉表弟。

我说："秉秉，冬天拿来捂饭保温的、稻草做的那个东西叫什么？"

然后我怕我讲得还不够清楚，又加一句，"像个鸡窝一样"。

秉秉神速度，一秒钟就应声而答了："捂窟。"

我望着这俩字不禁笑了。

我虽然忘记了，一时讲不出它的名字，可是在描述它的时候，居然用到了"捂"字，也算心有灵犀了。

知道叫"捂窟"后，我又在网络输入"捂窟"俩字搜索。

网络给出的答案是："饭窟"或"捂窟"。

哦，这种东西既叫"捂窟"，还叫"饭窟"啊！

可是在这一篇里我到底写哪一个词作为我的标题呢？我

有点犹豫。对于不懂这种东西的读者，一看"饭窟"俩字，里面有一个"饭"字，就可以望文生义，很容易理解这是一种什么什物。但我发觉我还是喜欢"捂窟"。最后决定还是用"捂窟"。

我觉得"捂窟"这个词和"饭窟"这个词相较，因了一个"捂"字便更有意思，更形象，更上海了。或者这么说可能更对，更符合我的心意了。

在上海，捂窟摆放在饭厅的一角，用一张方凳承着，高度刚好是人站着伸手舀饭的高度，盖子是一块儿小棉被。我想这块小棉被最先一定是用来包裹在褓襁中的哪位小表弟小表妹的，或许正包裹过我自己也说不定呢。当我们都长大了，这块小棉被包裹不了我们了，就被派上了现在的用场。

我母亲到了安陲，广西安陲的商店里根本没有捂窟这种商品卖。不仅没有这种商品卖，我还可以肯定地说根本没有任何一个安陲人知道这世上还有一种叫捂窟的东西。我母亲便从卫生所的药房里拿回一只纸箱，纸箱内垫上碎旧衣服，就做成了一只捂窟。把饭煮好将饭锅往里一放，盖上盖子，也像模像样地是一只能保温的捂窟了。

她用来盖捂窟的盖子也是一床小棉被，大概也是用来包我的了。

只是这样做成的捂窟从外观上看去有点滑稽，让人觉得莫名其妙。我们的邻居梁雪花看到了，果然看不懂，好奇地指着纸箱问我母亲："吴医生，这个，用来干什么？"

我母亲就演示给她看。

那时候安陲正是冰天雪地，天上下着大雪，地上结着冰

凌。梁雪花看完了母亲的演示，知道了这只纸箱派什么用场后，啧啧称好。她觉得我妈真聪明，这么简单就轻易解决了如何将饭保温的问题。

她回去立即也照样学样，到卫生所药房里拿来了一只纸箱，再在里面放上旧衣服，便也做成了她们家的一只捂窟。

就这样，捂窟由梁雪花家一传十，十传百，很快便流传到了整个安陲，安陲好多的人家都用上了这种土捂窟。一时洛阳纸贵，安陲的纸箱成为紧俏物。看来安陲人是很容易接受新事物的，有着极强的把生活向美好改变的欲望，只要觉得什么好，便纷纷学而习之。只是那时安陲既不通公路铁路，又没有电灯电话，不仅太落后，而且太闭塞了，外头的东西不容易传进来，非常遗憾。

我母亲的到来无意间给了安陲一点新鲜东西。

我去到同学家里看到了捂窟很得意，我总要伸手指着土捂窟说，这是我妈妈教你们的。

大家听了没有一个人反对我的这种说法，都一齐点头，带着点感激的神情，十分同意。

他们为了报答我的母亲，也教我母亲安陲的许多好东西、好的生活习俗。

在冰天雪地里母亲给了他们捂窟，梁雪花就从家里拿给了母亲火盆，让她能烤火取暖。

上海也许比安陲更寒冷，可奇怪的是上海从来没有火盆这种东西。在北风呼啸冰天雪地的冬天，上海人除了夜晚睡觉用汤婆子焐脚取暖外，白天只靠多添衣物来抵御严寒。

在冬天，安陲家家有火盆，关上门窗，烧起火盆，家里顿时温暖如春。可是我的母亲好像并没有领梁雪花这份情，她没有依照梁雪花的教导，接受用火盆生火取暖。倒是我和我父亲从此在冬天用上了火盆。

我的父亲真是很将就母亲，比如母亲爱煮泡饭，他就不煮一锅烩。

父亲祖辈几代都是广西人，怎么可能不懂用火盆呢？可他从来没在我们家用过火盆，直到梁雪花把火盆拿来了，这才有点顺水推舟顺理成章地开始用上了火盆。

尽管家里有了火盆，母亲却始终拒绝烘火，甚至躲而避之。她说，不习惯。

她这个上海人，真固执，容易把生活固化。我作为半个上海小子，希望不要这样。

陈松家里不仅也添置了捂窟，他还把捂窟"发扬光大"了。有一次，他得意地带我到他家，去看他的秘密。原来他在捂窟里放了生柿子。这真是一个好办法。生柿子放在保温的捂窟里成熟得更加快了，好像也更加甜了。我也有样学样，立即把一些生柿子放进了捂窟中。

2021 年 5 月 27 日

汤婆子

安陲没有汤婆子，可是在安陲的我们家有。

现在回忆起来我才发现，母亲离开上海，从上海带来了许多东西。有有用的，也有无用的。有用的，比如汤婆子。无用的，比如珊瑚。

从上海把汤婆子带到安陲很有必要，但母亲居然从几千里外的上海，将一丛毫无用处的珊瑚带到安陲，真是不可思议！

有许多东西在别人看来，它的存在是如此不可思议，显得突兀，甚至荒唐，因为似乎一无用处。但对它的主人来说一定别有意味，非此不可，非让它存在在身边不行。这丛不远千里特地从上海带来的珊瑚，大概对母亲就是这样的一件东西吧。但里面究竟藏着母亲的一段什么过往、什么情感，我不仅不知道，也从来不敢开口问。

对于这个世界，我心里存着许许多多的好奇、许许多多的疑问与疑惑，可我基本不会向母亲和父亲开口寻求解惑。这也可能是我自己的个性使然，但我觉得更可能是我与他们有一种隔阂使然。

这种隔阂是怎么来的，怎么形成的？我的答案是，他们过早地让我离开了他们造成的。

在我刚刚十个月大时，父亲和母亲就把我寄养在了上海，和他们骨肉分离。在这人生最初的成长岁月里，我几乎没有得到过母爱，也没有得到过父爱。他们这么做也许是出于置身于那个时代的无奈，更或许是为了我好，却在客观上最终造成了我们彼此一生的隔阂。

每每想到此，我总有一种悲寂从心头升起，然后又沉下去，压迫我，让我觉得喘不过气。

在上海外祖父家的汤婆子，肯定已经是一个古老的东西了。铜质的汤婆子色泽暗旧，表面坑坑洼洼，一看就是用过了好多年头。但到底用了多少年头，几十年还是一百年，甚至几百年，不知道有谁能够说得清，好像大家对此并不感兴趣。

一只汤婆子是拿来使用的，不是拿来追问的。

上海的冬天总是那么寒冷，有时在十一月份就开始下雪了，雪花飘飘，满世界银白。一般来说，在冬季，长江以北算北方，寒冷，供暖。长江以南是温暖的南方，因此不供暖。

但其实长江以南的好多地方，比如上海，也很冷。南方的冷其实比北方的冷更令人难耐。

北方干燥，冷是一种干冷；南方潮湿，冷是一种湿冷。

而湿冷是一种让人更难以忍受的冷。

许多年来一直有人呼吁南方也供暖，现在终于行得通

了，南方许多地方在冬天也终于过上有暖气的生活，可以享受与北方一样的温暖了。

在上海的冬天，我的妈妈除了在帮我洗澡的时候用汤婆子暖衣服外，她每晚上都要做的一件事就是把一壶烧开的水拿来灌满一只汤婆子，然后将它放在外祖父外祖母的床上，摊开被子盖上，在外祖父外祖母睡前为他们焐暖床和被子。这是她作为女儿尽的一点孝心。

我的外祖父总是很满意我的母亲这么做。他看着我的母亲弯着腰忙这些事的时候，眼睛里有着欣赏和爱意。

我母亲离开上海回广西了，是谁接她的班继续这么做？我没有印象了，但是肯定有接班人，这个接班人我猜想应该是鸿丽孃孃。

鸿丽孃孃在我们外祖父的家，基本处于一个打杂的角色，她似乎也甘于做打杂的小工。

我记得最清楚的是，她每天必去倒痰盂、刷马桶。

在我们家里，这些事除了她做，好像再没有第二个人做了。

这曾使我十分好奇：总是她做，难道她不会产生怨言？这么多姊妹，凭什么偏偏让她一个人做这个臭烘烘令人难受的事？

我曾经留心观察，观察后的结论是：她完全任劳任怨，毫无怨言。

有时我觉得很应该让我的小舅舅去做做。没有别的理由，我就是想让他也去做做。但是他好像从来也没有想过去做，好像理所当然地认为，这不是他要做的事。

母亲把汤婆子带到安陲，梁雪花见了颇为稀罕，她觉得这可真是个奇怪的家伙，圆头扁脑的，用现在的话来讲看上去有点呆有点萌，是用来干吗的呢？

她把汤婆子拎在手里，提起在眼前，屈起手指弹它。

铜的汤婆子在她的弹击下发出当当的响声。

她又旋开汤婆子的口子朝里打量，里头黑洞洞的，什么也看不清。

她满脸狐疑地问我母亲："吴医师，这拿来干吗？"在她看来，这既不像个摆设，又看不出能管什么用。

我母亲回答她："这是个汤婆子。"

母亲讲的桂柳话带着上海口音，"汤婆子"讲出来就成了"汤潽子"，连我都一直以为汤婆子就叫汤潽子呢，觉得这个名字怪怪的，好没来由，直到不久前为写文章特意去查资料，才纠正了这个叫法。

梁雪花听完了就笑。是笑自己还是不明白，又不好再问了，再问就显得自己更傻了，还是觉得我母亲讲的名字可笑？

大约都有点吧。

我母亲却以为她已经明白，也不再说什么。

汤婆子在母亲的上海生活中是一个平常物件，习见之物。在她既有的生活里，汤婆子真是个太平常太普通不过，没有什么值得稀罕的物件了。

她不晓得在她把汤婆子带来安陲之前，安陲从来没有过汤婆子，安陲人从来不知道这世上还有种东西叫汤婆子，更不知道汤婆子是用来干吗的。

梁雪花虽然不再问，却终于懂得了汤婆子是在冬天睡觉时用来在被窝里暖手暖脚暖身子的。

她又一次发出感慨说："你们真聪明啊！"

梁雪花有两个女儿，一个叫覃常，一个叫梁川，小我一两岁。她俩到我家和我到她们家都像到自家一样。

我的父亲母亲如果同时去县里开会，他们就会把我托付给梁雪花。

梁雪花便安排我跟覃常梁川一起开饭，睡一张床。

睡觉时，我把从家里拿来的汤婆子装上热水给覃常梁川暖被子。

梁雪花看到了，两只好看的眼睛笑开了花，频频点头称赞我会体贴人。

我和覃常梁川青梅竹马，梁雪花和我的妈妈好像都有意等将来我长大了能娶其中一个。

我也觉得等我长大了一定会娶她们之中的一个。

但是娶覃常呢，还是娶梁川呢？我犯难了，不知道选谁好。两姐妹都非常乖巧，都十分善解人意，都很好。

梁雪花和我的妈妈曾经拿我们打趣，问我："喜欢覃常给你暖被窝还是喜欢梁川给你暖被窝？"

这个意思我懂了，但我没答她们，羞涩地跑开了。

她们呵呵地一齐搂着笑，倒像两个孩子。

我和覃常梁川在一块儿玩过家家，覃常和梁川轮换扮我媳妇。我们相亲相爱，真是美好。

不久，我们家离开了安陲，这段"姻缘"就此断了，结束了，很遗憾。

我们都长大了，工作了。有一回，梁川到我工作的地方来看我，那时她结婚了又离婚了，神情郁郁的。

见她那样，我感到手足无措，仿佛自己做错了什么。

那次见面，我们都没有说什么话。她走后，从此再没见面。

不知道是受我妈妈从上海带来的汤婆子影响，还是安陲生活变化的一种必然，不久安陲百货商店卖上了暖水袋，并成为畅销货。暖水袋就是另一种形式的汤婆子。安陲人纷纷购买，它成了每个家庭的必备之物。

梁雪花她们家里也买了，还买了不止一个，是人均一只。覃常和梁川常抱着暖水袋在我面前晃悠，像是告诉我她们家也有汤婆子啦。我才发觉，原来两姐妹早渴望着拥有自己的汤婆子。

2021 年 5 月 29 日

厨　房

　　我对那些天生爱好下厨的人充满敬意，同时也充满了好奇和不解。

　　照我想来，天底下的人都应该讨厌下厨才对。

　　后来发现，即使厨房里充满油腻和辛苦，依然有人乐此不疲。

　　我的一位网友就是这样，她几乎天天在她的微信朋友圈里美滋滋地晒她下厨的经历，她总是把下厨当作人生的一种无比美好的享受。可惜，我却不能感同身受。

　　如果你不喜欢一样东西，不爱做一件事情，你总能引经据典寻求到支持。

　　比如我不爱下厨，就可以振振有词地说："君子远庖厨。"

　　我们的小舅舅听到我这样说，总是莞尔一笑，然后大摇其头，表示不认同。

　　在我眼里，小舅舅几乎是个不学无术的人，什么也不会做，什么也不肯学做，什么也不打算做。

可是有一样他很会做，而且做得非常精致，甚至有点极致的样子，那就是下厨做菜。并且他下厨做菜好像也不是学来的，而是天生的，天生就爱下厨，天生就会做菜。

对此，那时的我感到真是好奇怪。

我父亲也是做菜的一把好手，可是他在上海的时候总是没有机会一显身手。

每当他跃跃欲试的时候，我的小舅舅总是及时地把手一伸，将我父亲按下了，笑吟吟地说："阿哥，你不用动，我来。"然后在胸口挂上围裙，昂首阔步走进厨房。

这让我的父亲感到非常遗憾，甚至因为没有能够在岳父岳母面前展现身手卖弄一把而心生懊恼。

从这点可看出，我小舅舅真是不谙人事人情，他应该很心领神会地并且很得体地给我父亲机会，如果没有机会也要创造机会，让我父亲在岳父岳母面前表现表现嘛，而不是自己争着表现，把风头抢去。

第一回听说小舅舅要自告奋勇地下厨时，我感到无比惊诧。可是看到他端出一桌色香味俱全的佳肴时，我转而无比钦佩。

当整整齐齐地把一桌菜整饬好了，小舅舅红光满面，总是面有得意之色，等待着人们的夸奖。

从小舅舅这里，我得到一个结论：凡是有特长的人，在能如意发挥特长后，总会情不自禁地沾沾自喜，总要面带得意之色，等待别人夸奖。所以遇到这种人，看到他们的特长得到了发挥的时候，我总是不遗余力地大点其头，大大夸赞。我觉得这是我应该做的，是对别人奉献特长给予的一点

应有的回报。

在上海，我们家的厨房被设置在整座屋子最不显眼的地方，几乎是藏在一个角落里，并且还是一个被众人遗忘的角落，只有我的外祖母每天在里头操持一日三餐。

偶尔，我会好奇地走进去，总见外祖母一个人忙碌而孑然的身影。

这令我莫名感到悲寂。

一个人的厨房，那里装着太多的辛苦与寂寥。

有时，我也会团身坐在厨房的小杌子上帮外祖母择菜。

这时候，外祖母总是兴高采烈，不停地夸赞我："乖囡囡！"

说得我都有点不好意思了。

她同我一块儿坐着剥毛豆。场面显得非常温暖、温馨、亲切。

很多年后，我也好多次这样陪母亲剥毛豆。这时，我总不由得会想到在上海陪外祖母剥毛豆的情景。

一前一后，时空变幻，没变的是一样的温暖、温馨，一样的亲切。

那是一种家人间至亲间才会有的感觉感受吧！

毛豆是一种我喜欢吃的食物，用来炒肉，味道尤其美。

但是要做出一道有关毛豆的菜肴却要经过漫长的剥毛豆的琐碎过程。

外祖母有耐心、平常心，按部就班，一点一点剥着毛豆。

而刚开始我还比较认真，还有耐心，随着时间的拉长却越来越心不在焉。

"乖囡，玩去吧。"外祖母肯定是看出来了，劝我去玩。

我被她这样一劝就很不好意思，调整了心态，坚持把毛豆剥完。

外祖母看到了，更高兴了。她表达高兴的方式就是掏出一分钱，递给我，说："去，买一粒糖吃吃。"

厨房最具有人间的烟火味，在那个年代厨房总是被烟熏火燎，痕迹重重，不像现在的厨房已经不像厨房了。随着抽油烟机的配备，厨房里已经几乎没有了烟火味，四周也没有了生火动锅的痕迹。

走进现在的厨房，我总怀疑这间厨房是不是一直在被使用着。只见窗明几净，没有一处藏污纳垢之处。

我很怀念过去厨房里的烟火味。

在上海的时候每从外面回来，我最喜欢闻的就是从厨房里飘出来的煤烟味。这种煤烟味随着风向有时远远地就闻到了，有时要走进屋才会闻到。朝家走着，心越走越急切，只待闻到了煤烟味才一下踏实下来，安稳下来，平定下来。

只有闻到了煤烟味，才感觉到家了。煤烟味是家的一个标志，等同于家。煤烟的味道就是家的味道。

2021 年 6 月 9 日

酱　瓜

　　我和静子说了好多次，我说上海有一种食物叫"酱瓜"，味道好极了。每次说到这种食物的时候，我的嘴都啧啧有声，好像正品味着美味的酱瓜。

　　静子被我说得心向往之。

　　在上海，早餐吃泡饭配酱瓜是我的另一种吃法。

　　其实吃泡饭的时候，下饭的菜还有很多品种，比如酱蒜头、酱姜片等等。我最偏爱的总是酱瓜。我喜欢那种口感，那个味，嚼在嘴里嘎嘣脆，咸中有一种怪怪的甜。

　　我总念叨："为什么柳州没有酱瓜呀？"

　　每次去逛超市总要逛食品区，看看会不会有酱瓜。

　　静子说，别找了，这里是广西不是上海，找不到的。

　　我说，现在物流那么发达，世界通联，都地球村了，还分什么广西上海呀，就好比是村头村尾了！

　　静子好像同意，抿嘴微笑着不坚持了。

　　可是确实找不着吃不上。

　　那就让我从村头走到村尾去取吧。

话虽这么说，但我知道于我只是形容，事实上做不到。

最近，柳州老灯泡厂有一家螺蛳粉店，成了网红店。它的红，红遍了大江南北、祖国大地。粉丝们纷纷从北京从上海从更远的东北，坐飞机前来品尝这家店的螺蛳粉。粉店的门口总是排着等候进食螺蛳粉的长队。这些粉客们一小时前两小时前还在北京还在上海还在其他更远的地方逛荡呢，一小时后两小时后却现身柳州，出现在了柳州这家螺蛳粉店里优哉游哉嗍起螺蛳粉来。而再过一小时两小时可能他们又置身在北京上海，在王府井在南京路上闲逛着了呢。看着这个景况，你不承认地球已经小到仿佛就是一个村庄都不行。

有一次在超市终于找到酱瓜了，柳州也有酱瓜卖了。我大喜，连忙买一袋回来。

这天开饭，我在餐桌上隆重地捧出了心仪的上海酱瓜，用一只碟子盛着。

我们的工友小吴也听我多次推介过上海酱瓜，十分好奇这是一种什么样的菜，居然令我如此念念不忘。

我招呼她说，小吴快米尝尝。夹了一条酱瓜递给她。

她兴奋地连忙伸出碗来盛了，立即用筷子夹住放嘴里咬。

我等待她吃了啧啧称赞呢，却只见她含着酱瓜突然皱着眉头不敢下口了，一副难以下咽，吃又不愿、不吃又不好办的为难样，让我无比吃惊。

静子见了倒十分善解人意，劝道："小吴，难吃就不吃了，丢桌上吧。"

小吴摇了摇头还是艰难地一小点一小点嗍着，决意

食完。

她大概认为不吃太不礼貌，太不给我面子了，宁愿自己难受也要不拂我的面子。

看见她不是在享受美食，而像在吞食苦药的样子，我也劝。

小吴还是不想让我难过，坚持把碗里的酱瓜一点一点啃完了。

我一直以为凡是好东西，到哪里都是好东西。

比如一个漂亮的女孩，不管是在西方还是东方，都被认为是漂亮女孩。

没想到被我认为非常美味的酱瓜，上海人餐桌上的必备佳肴，在柳州，居然让柳州的小吴感到不好吃，难以下咽，居然不受欢迎。

不久，超市就没有酱瓜卖了。

也许超市也没有料到，这会成为它的经营史中一个失败的尝试。

不过失败是一时的，如今，超市又卖起了上海酱瓜，前来购买的顾客日渐增多。一种饮食正是一种文化，与任何其他文化一样总是具有渗透性和侵略性。一个地域越强大，它的文化的渗透性和侵略性也越有力，最后与当地的文化达成某种融合。而随着地球在人们的概念中变得越来越小，越来越像一个村庄，地域间互相的渗透和融合便越来越快，包容性也越来越大。一碗柳州螺蛳粉，一碟上海酱瓜，不再成为某个地域的独特物品。

从我们住的弄堂走出去，到五原路后，往左拐几步，有一家食杂店。店面很小，不足三米宽，却很深，从门口往里望感觉深不可测，看不到头。在我的记忆里，门店内不管是白天还是黑夜，不管是大太阳天还是阴霾天，总是亮着一盏白炽灯。然而这盏白炽灯仿佛并没有照亮店面，反而使门店更显得昏暗了。这种昏黑的气息，直到今天都在我的记忆中存留着、弥漫着、新鲜着。我发觉正是这种昏黑，成了我如今打开记忆之门的钥匙，成了我走向以往的通道。

依靠这把钥匙、这个通道，我就回到了我过去的上海生活。

这真是一种奇怪的感觉！

食杂店的门前放置着一张长条桌，条桌上摆着一排黝黑的瓦盆，瓦盆里盛着同样黝黑的各种酱菜，其中就有我喜爱的酱瓜。

那时候，我几乎每天都要去到这家食杂店，站在不远不近处，痴痴地看着这些摆放得整整齐齐的装着酱菜的瓦盆出神。

童年的我孤独，也喜欢孤独。

食杂店成为一个孤独儿童消磨他孤独童年的地方。

单调，无聊，寂然。

经营食杂店的是一对夫妻，在那个时代，夫妻店是上海很多小商小店的特色。

店主是一位长满络腮胡的中年汉子，大眼睛炯炯有神，光亮比得上店里的白炽灯。当我痴痴望着那些酱菜的时候，他就会笑眯眯地用亮亮的大眼睛望着我。他常会朝我招手：来来来，小囡囡。然后拿一根牙签戳一小块儿酱菜给我。最

初的时候他有时戳的是酱萝卜，有时戳的是酱木瓜，也有时戳酱瓜。当他戳别样给我时，我就摇摇头不要，伸手指指酱瓜。后来他就总是戳酱瓜给我了。我喜欢吃酱瓜，而他似乎也喜欢看我吃。当我吃着的时候，他就拿两手抱在胸前，张开一口洁白的牙齿笑。笑里藏着太阳般的光亮。

2021 年 6 月 1 日

春　卷

很多年前，我就写过春卷了：

春　卷

能吃上春卷，有点过富人日子的味道。

春卷只有拇指大小，也只有拇指般短长。

进一家店里，坐下，叫一盘春卷，两盏醋碟，蘸着吃，又酥又脆还不腻，含口里也化了。特别喜欢里头的一点萝卜丝儿，把一节春卷咬开来，萝卜丝儿冒着香香的热气，欲断不断，嘴里已含着，手里仍拿着，满嘴春色，诱人啊。

每嘴馋了，就和表哥卡卡跑到北京路上去看美丽孃孃。

说是看美丽孃孃，那是借口，奔春卷来的。

美丽孃孃见了我们，笑意盈盈。俺们肚子里的肠子，几道弯，她能不知道？但是她不说破，只笑。

座谈了一会儿，她说，饿了吧，走，吃春卷去。

这时，我们早已对春卷望眼欲穿，猴急得也不知暗示了美丽嬢嬢多少回了。

听到美丽嬢嬢这话，遂一齐站起来，走出门，拐个弯，进到一店家。

美丽嬢嬢待我们坐定，要两盘春卷儿，三盏醋，笑眯眯地说，吃吧，吃吧。

最先我们以为得计，以为美丽嬢嬢是傻大头，挨我们骗吃骗喝还不晓得，还乐呵呵。我们在心底快乐得意地哈哈笑。

后来懂得美丽嬢嬢是晓得的，装傻呢。自己就挺不好意思了。

不好意思了，我们商量怎么办，最后坚决决定，还得找美丽嬢嬢，只有美丽嬢嬢肯拿春卷招待我们，我们应该义无反顾，不能不去，不能不吃！

但是，再去，脸上就总带上傻傻羞羞的笑了。

美丽嬢嬢见了我们，不动声色，当什么事也没有发生，仍笑吟吟座谈一会儿，说，走，吃春卷去。

这些年住在桂林，突然发现桂林也有春卷卖了，好不欢喜，就差要雀跃起来。静子见了我这副馋样儿，脸挂微笑。但是有先见之明，温柔地劝道，还是不买的好。

我说，别样的俺啥都听你的，这回见了春卷，就让俺不听你的一回，成不？

　静子见阻拦不住，就任便了。

　我把春卷买下了，激动得一口大啖。啊呸，什么春卷嘛，老娘的烙饼也没这么又硬又韧，又黏又涩。

　静子见状，也忘了扮淑女形象，不禁樱口一开，哈哈大笑，然后才赶忙掩了嘴，偷偷地四处一望。总算还好，没惹人注意，注意到了的，又都是绅士，假装没看见。

　而俺的痛苦却需要人看见，有谁看见？

　美好的春卷啊！

读完了，掩口笑。

人是需要怀念的。很多时候，怀念是那么美好！

这篇小文写于 2006 年 6 月 16 日，发表在 2007 年 1 月 20 日的《农民日报》"百姓茶坊"上，是沙丘老师编辑的。看来他非常喜欢这篇小文，在他其后编辑《2007 年度中国报纸副刊作品选萃》一书时，又把这篇小文收进去了。

有人形容春卷是把"春"卷起来，我很喜欢这个形容。春是可以卷起来的，多么奇妙，多么美妙啊！

这样一说，拿着春卷仿佛就是把春天握在手掌里了。

人要有大胸怀大情怀，春卷在握似乎让我们立马具有了大胸怀大情怀。

我们的朋友老谢是个美食家，他常说吃食物吃的是情怀。我总是佩服他那张嘴不仅能享美食，还总是一边吧唧吧

唧享受着一边口吐莲花。

每个美食家都是个哲学家。

我们的美丽孃孃是"君子动口不动手"，她总是请我们到春卷店里去吃春卷，从不自己动手。

而我的母亲就不同了，她从来也没有带我们上春卷店里吃过春卷。

她自己做。和面，擀面，包春卷。

而且总是做得有模有样、像模像样。

我的母亲从小四体不勤五谷不分，衣来伸手饭来张口，可到了安陲，突然就会做饭做菜了，真是奇怪！

人就是这样一种奇怪的动物，他的身上隐藏着各种潜能，用不着的时候好像什么也不懂不会，用得着的时候身上的潜能就被唤醒了，就什么都懂都会了。

而且身体里还隐藏着全部的地域基因和家族基因，在某个时候会由隐性变成显性，便显豁了那种与生俱来的地域的和家族的烙印。

像我的母亲在安陲几乎带来了一整套上海的生活，从吃的到穿的到用的，无不带着上海烙印、上海痕迹。

母亲做春卷的时候，覃常和梁川就会跑来，站在灶台边好奇地观看。

灶台上，油锅里的油不温不火不动声色，却是冷面热心。当把包好的春卷放进油里时，油才显出热情，沸腾起来，跳跃起来，热烈地把春卷炙得生动，面带春色。这时的春卷逐渐变得酥脆金黄，变得栩栩如生，被油赋予了灵性，赋予了活着的生命，像春天生长起来的一株植物。

梁雪花也来看，看罢她说："吴医生，你教我做。"

母亲便开始讲解，手把手教她。

而在冬天，春节的时候，梁雪花在她家烧起油锅，炸油蛋。

我也跑去站在梁雪花家的灶台边认真地看。看小拇指大的一个面团，放入沸腾的油锅后如何瞬间发生膨胀，变成了一个小拳头般大闪闪发光的油蛋。

这让我觉得十分神奇。

母亲也来看，母亲看罢对梁雪花说："梁医生，你教我做。"

梁雪花笑眯眯的，兴高采烈，立即手把手教母亲捏油蛋。

我和覃常梁川抱在一起又唱又跳，觉得生活真是美好。

母亲除了在春天做春卷，日常也做。"想吃春卷不？"她有时问我，有时问覃常梁川。不管问到哪个，被问到的都答："想。"母亲就很快乐地张罗着做春卷。

刚开始的时候我以为春卷只是在春天才能做的呢，非常怀念，后来知道什么时候都可以做春卷，都有春卷可食，好像就不那么怀念了。

2021 年 6 月 3 日

红 肠

悦丽孃孃从单位下班回来，常常不空手，有时会带回一打檀香扇，有时会带回一些出口转内销的手帕，更多的时候她会带回各种食物：八宝粥、蛋糕、"狗不理"包子，还有红肠。

那时上海最好的"狗不理"包子是在豫园，悦丽孃孃正巧在豫园上班，得天独厚，就常常带回一包一包的"狗不理"包子。

我对于"狗不理"这个名字总是感到好生奇怪。

中国人起名字是很讲究的，要雅气，要讨好，要讨彩。可是包子却起名"狗不理"，既不雅气，也不讨好，好像更不讨彩了。不仅不雅气不讨好不讨彩，听起来还像是有些恶意：狗都不理的东西啊，还卖给人吃？啧啧，这名字起得！这也正是中国的一种文化：反其道而行之。

我真有点为"狗不理"包子担心：起这样名字的包子怎么能卖得动啊！

每次在豫园看到"狗不理"包子店那块儿写着"狗不理包子"的大招牌时，我总要多看几眼，看看那招牌下面有没有顾客在买"狗不理"。

结果我总是看见"狗不理"包子店前人头攒动，一种来晚了可能就买不到了的情绪总是在这些挤挤挨挨的人头上躁动，导致每个人行为焦躁、急切、粗暴，人们互相挤着，争先恐后。

事实也确实是这样，来晚了，便什么东西都买不到了。

悦丽孃孃也时常睁眼看着这个场面，却很轻松地微笑。她不焦急。不用焦急，不需焦躁，卖"狗不理"包子的人都是她的熟人，远亲近邻，只要她想买，卖包子的熟人自会给她留着，让她随时手到拎来。

悦丽孃孃把红肠买回家了，放在饭厅的餐桌上。

红肠是用油纸包着的，把油纸慢慢剥开，就露出了红肠，红红的、醒目的样子，在灯光的照耀下光彩夺目。

悦丽孃孃每次买回的红肠常常只是一根，最多两根。

她先拿一只盘子盛着，再去厨房把砧板和刀拿来，摆放在餐桌上。

只见悦丽孃孃用三只手指把红肠从盘了上拎出来，放在砧板上，握起刀，用刀细心地切片。

手起刀落，刀把红肠切成薄薄的一片。刀切着红肠的时候，砧板发出愉快的"咚、咚"声。

我和卡卡围在一旁，垂涎欲滴地看。

悦丽孃孃装作没看到我们垂涎的样子，不紧不慢地切，甚至好像有意地下刀更慢了，响声更清脆了。

我们咂巴着嘴，吞着口水，大眼瞪小眼。

偶尔悦丽孃孃可怜起我们了，在切红肠的过程中，顺手

拿起两片来，分我们一人一片。

我们喜出望外地伸手接住，把红肠小心地握在手里一齐跑到天井，才把握在手里的红肠打开看。

我们总是舍不得立即食用，而是先相互比较大小，谁的大谁就像赚了便宜一样更快乐了。

然后我们才把红肠放到嘴里，你看着我，我看着你，互相看着对方一点一点啃食手里的红肠。

我们把食红肠的过程尽量放缓，尽可能延长，我们每一次只舍得咬米粒大的一丁点，比谁咬得更小，食得更慢。一个人先食完了，那个还没食完的就是胜利者，好像立即被赋予了更多的快乐。

开饭的时候这一点点红肠怎么分配我不记得了。

我们的怀念总只是对例外的怀念。

在广西的时候，我一直在寻找红肠，寻找了好多年，甚至几十年。自从我离开上海就开始了。

可是寻找了这么多年，始终也寻不着。这令我惆怅！

其实，我们总是在成长的岁月、成年的岁月，寻找过去。不是想回到过去，而是为品味那些过去的时光。过去的时光只有在回想回味中才容易闪耀着光芒，仿佛只有过去的时光值得回想回味，只有过去的时光才代表了我们的今生今世。

有一回，我在武宣这样一个小县城的一家小面包店，居然意外地发现有红肠在卖。

让我想想这是哪年，哦，是了，是 1999 年。

1999 年的一个冬日，我从柳州去到武宣，为了在武宣寻找一位旧友。可是寻而不着，找而不见。

正在沮丧彷徨之时，一转身便看到了一家小小门脸的面包店橱窗里摆卖着的红肠！这令我万分惊喜，沮丧彷徨顿时一扫而空。我立即喜滋滋地奔向面包店，买下了一袋红肠，随即兴冲冲打道回府。

写到这里，我突然想起了古人王子猷雪夜访戴的逸事，暗自浅笑。

晋朝时期的王子猷，有一天晚上遭遇了好大一场雪。雪下得纷纷扬扬，富有诗情画意。他就想起了他的朋友戴安道，觉得这时候如果与这位朋友一块儿分享这透着诗情画意的纷飞大雪，岂不更美好！他立即连夜乘船来到了友人戴安道家。可是刚走到门边却兴致阑珊了，摆摆手招呼船夫："回去吧。"船夫不解地问为什么。王答："吾本乘兴而行，兴尽而返，何必见戴?!"我来寻友，不见，见红肠，买之，兴奋而返。王子猷是高洁的，我是庸俗的，觉得惭愧。不过另一种正解可能也是可以的：对高洁的人，我们可以也应该心向往之，倾慕有之，却不一定非学不可啊！让我还是做一个庸俗的人吧，保持本分而不失对美好情趣的向往便好了。

在武宣买了红肠，回到家立即让静子摆盏弄碟，操刀拿叉，分而食之。

静子见我一副急于品尝的猴急样不禁抿嘴笑。

一个人如果没有回忆便没有了一切。回忆使一个人饱满而丰盈。

我吃红肠，吃的既是红肠也是记忆。

2021 年 6 月 5 日

馄 饨

悦丽孃孃还有一个拿手的手艺就是包馄饨。馄饨皮是从食品店买来的，馅子是悦丽孃孃自己做的。

馅子做法非常简单，我觉得我也会做，无非是买回些半肥半瘦的猪肉，放砧板上剁碎，然后往里加点盐，加点酱油，加点料酒，一拌，便大功告成了。

包馄饨的时候，一群人围着包，除了悦丽孃孃，还有外祖母、鸿丽孃孃、小舅舅等。我和卡卡也加入。

悦丽孃孃包得最快，最麻利。她用手拈起一张馄饨皮放在手心，另一只手拿一根筷子在装着肉馅的碗里一撩，拿出来往馄饨皮上一沾，再把皮子一捏，就算包好一只馄饨了。循环往复，动作飞快。

她一边不停地包，一边口里滔滔不绝地说着她在豫园上班时遇到的看到的各种好玩有趣的事，逗得我们哈哈大笑。

那时我很羡慕悦丽孃孃，好像世上所有好玩的有趣的事都让她遇到了玩过了，我们等着她来一点一点告诉我们，传授给我们。她是一个窗口，我们从这个窗口看到了外面的世界。

馄饨一边包着，一边就下锅了。

下锅这种事自然由小舅舅吴鸿宾做。他吹着口哨端起盛着包好的馄饨的盘子，屁颠屁颠走进厨房煮馄饨。

煮好的馄饨在碗里冒着腾腾的热气，闪着亮晶晶的光泽，半沉半浮在清汤里。

我看到它们仿佛是有灵性的，一颗颗都跳跃着欲望。

现在我知道那不是它们的欲望，是我的欲望。

吃馄饨的时候，感到味道真是好，开始的时候我总是不能控制地吃得狼吞虎咽，一只只馄饨滑润爽口，放进嘴里好像还没来得及咀嚼，刺溜就自动滚进喉咙下到肚子里头了。直到有了七分饱，才可能腾得出心思来开始慢下来更仔细地品味馄饨的好。

这时把一只馄饨放嘴里含着，先感受一下它的温润，再用牙齿轻轻咬碎。专门去找那点馅子，让馅子使自己口舌生香。

但是一边吃一边又充满遗憾，遗憾为什么包馄饨的时候，馅子总是只包蜻蜓点水似的一点点，几乎嚼不到呢？如果多包一些，如果随心所欲地包得满满的，岂不妙哉？

我将这个想法告诉过所有人，包括悦丽孃孃。悦丽孃孃听到了，十分鄙视我的这个想法。她说："那还叫馄饨吗？"说得我满脸羞惭，又感到疑惑。

前两年在柳州忽然看到一家馄饨店，招牌上写着"大肉馄饨"。不禁十分好奇，走进店里问老板什么叫"大肉馄饨"。老板笑吟吟回答说，就是包着特别多馅子的馄饨啊。

买了一碗品尝，味道好极了，好就好在馄饨里包着很多的肉。终于品尝到我幼年时想要的包着很多馅子的馄饨了！

店里的生意特别好，顾客摩肩接踵，排着队。看来喜欢大肉馄饨的可不止我啊！可是为什么这么多年来都没有大肉馄饨呢？直到今天，终于有了。

其后在柳州我看到了一家又一家标着"大肉馄饨"的馄饨店。很快，不用排队就能吃上大肉馄饨了。

一天，我在超市购物，在食品区看到上海产的馄饨，包装上特别写着：大馅馄饨。我喜笑颜开，立即大买特买。从此，大馅馄饨成为我们家冰箱里的常驻食品。

有时候人没有发现自己的欲望，有时候发现了却不敢跨越固有的观念去满足欲望。

其实很多观念是应该被突破的，而要突破观念事实上很可能是如此简单，就像包一只"大肉馄饨"。

2021 年 6 月 7 日

从一碗红烧肉里我承传了母亲什么

　　某一天，母亲不在家，父亲也不在家，姑妈以及表哥表嫂们来访。

　　我说："让我做一道红烧肉给你们吧。"

　　姑妈听我说得底气十足，笑容满面，连应："好，好，好。"

　　我去菜市买来了五花肉、酱油、糖等，开始下锅煮红烧肉。

　　结果让我感到非常奇怪，我煮出来的红烧肉，完全不像母亲煮出来的红烧肉。我煮出来的红烧肉几乎变成油渣了，而母亲煮出来的红烧肉不仅色泽鲜艳，而且每块儿红烧肉都饱满而富有弹性，特别是那连在五花肉上的猪皮糯中带韧，大有嚼头，一看就令人垂涎欲滴，大家吃了都不住口地夸好。

　　姑妈、表哥、表嫂都静静地坐等我端菜上桌，无奈我只好把这一碗不像红烧肉的红烧肉端上了餐桌。

　　姑妈一看，大笑，说："你这煮的是什么红烧肉啊！"然

后好像十分后悔，大概觉得不该相信我对自己的判断和自信。我本就不是下厨的料。

我的母亲回来了，我问母亲："为什么我煮的红烧肉完全不像你煮的红烧肉？"

母亲反问我："你是怎么煮的？"

"不是像你平常煮的一样吗，把五花肉切好，然后下锅，倒进足够多的酱油、糖，把锅盖上焖熟？"

我母亲听了，乐了，说："傻小囡，在焖肉前你遗漏了一道重要工序，要先把五花肉放水里汆嫩了，捞出来沥干水，再放锅里加酱油以及其他佐料放文火烧。"

我听了大笑："怪不得我煮的红烧肉锅烧干了几次也老煮不糯，害得我加了一次又一次酱油，最后才勉强端得上桌呢。"

自此以后，我的姑妈再也不肯要我下厨而等吃现成的了。

我却奋发图强，一个人的时候偷偷试着煮像母亲煮的那样正宗的红烧肉。

我按母亲的教诲做，果然一次就煮成了，煮得像模像样。只见那红烧肉浓油赤酱，闪着动人的光泽，饱满而生动。不过我会的也仅此一道菜。

在上海，母亲从来没下过厨，也许不是不想下不愿下，而是没机会下。不是外祖母在操持着厨房，就是小舅舅在操弄。他俩把厨房完全把持住了，别人插不了手。

我的小舅舅也常常半推半护着外祖母送她离开厨房，说："姆妈，侬歇歇。"然后他就在厨房里大展宏图，大显身手，不一会儿一桌子菜肴就被他从厨房里一个一个地端上桌来了。

端的是一把好手。

我一直以为我的母亲生长在这样一个饭来张口衣来伸手的家庭，肯定什么也不会做。她果然好多事都不会做，可是天生能做一手上海菜，什么红烧肉、腌笃鲜、油爆虾、油焖笋，样样行。

对于有些人，有些东西真是不用学的，上手即会。

最初我以为我也是这样，我是我妈妈的儿子嘛，对于上海菜自然上手就能做。结果证明非也。

我父亲也能做一手好菜，我最喜欢的是黄焖五花肉：五花肉切片，蒜切条，然后用酱油焖。大妙。出锅后不肥不腻，一切都恰到好处。他还会煮豆腐炆鲇鱼、芋头扣肉等，都如他行医一样妙手回春，每吃完我都回味不已。

人们说强将手下无弱兵。有这样的母亲，有这样的父亲，做儿子的煮菜的本事自然应该不赖。可事实上自幼到现在我对煮菜始终一窍不通，简直接近白痴。

任何事物都需要理解，都需要相知相通，食物也是一样，你必须与它心意相通，才能做好菜。我知道这个理，但是我和这些食材就是不能心意相通，就是建立不起心意相通的渠道。我们隔阂着，彼此无法沟通。我无法懂得食材，食材也不屑于让我理解它。真是怪哉！

我母亲从来不指责我不会煮菜。当我下厨的时候，她总是笑眯眯地看我手忙脚乱。菜上桌了，我总是很忐忑，可是她把菜夹了，送进嘴，一边嚼着，一边连连点头说"好吃，

好吃"。我的父亲也一样跟着说"好吃，好吃"。其实可能他尝都还没尝，这让我哭笑不得。而有客人来访了，他们没有一个会对我要求说："罗海，去，下厨整一桌子好菜。"他们总是说："罗海，去买一包盐来。""罗海，去打一瓶酱油来。"我总是成了打酱油的。

2021 年 8 月 3 日

买包子

上海邮电医院离我们五原路的家只有一点三公里，在长乐路上。外祖父生病住院了，就住在这里。妈妈总牵着我的手，我们一同步行去上海邮电医院，送饭给外祖父，并陪护外祖父。

外祖父身体一直倍儿棒，几十年从来也没生过要住院的病，可是这次却突然生病住进了医院。

有些人整天病病歪歪的，药不离身，却几乎不用住院。

有些人好像从来也不生病，可一旦生起病来就非住院不可。我外祖父便是这样。

外祖父一直满面红光，精神焕发，我们总以为他身体好得很，倍儿强。其实他满面红光应该是患高血压病的症状。大姨妈、美丽孃孃和我妈妈都是医生却都没十分留意，结果因脑出血紧急住进了医院。

有一天，我们送饭给外祖父，身体渐渐复原的外祖父表示想吃"狗不理"包子，妈妈听了非常欢喜：外祖父有食欲了，说明身体健康了，怎不令人高兴欢喜呢！

妈妈急忙牵着我的手离开病房走出医院，医院外在长乐路上就有一家天津"狗不理"包子店。那时的商店都是国营商店。国营商店里做天津"狗不理"包子的师傅都是天津来的。挂"天津狗不理包子店"招牌，做的就一定是正宗天津"狗不理"包子。

我们去到这家"狗不理"包子店时，包子店还没到开门营业时间，只见门口已排着二三十人的长队，都在焦急等待买包子。那时是八小时工作制，按部就班，到点开门，点到关门。

妈妈看这阵势，急得像热锅上的蚂蚁。我们不能离开病房扔下外祖父一个人单独在病房太久，没人照看的外祖父因此而有个三长两短可不得了！

无奈之下，妈妈决定让我一个人排队买包子。

她让我排好队，把钱塞在我手里后，匆匆走了。

没走出几步又匆匆回来。我那时八九岁，她实在放心不下年纪还小的我，就又匆匆跑回来交代排我后面的一位阿姨，请求她帮忙照看我。

阿姨满口答应。妈妈这才放心地走了。

我们在包子店门口排着队等啊等，等待的时间是如此漫长，仿佛没有尽头。而只一会儿工夫，前来买包子排队的长龙又接续成了更长的长龙。长龙长得见首不见尾。

这时，包子店终于开门了。

人们开始陆续买包子。

排在我后面的阿姨突然大声对大家说："这小人外祖父住着院呢，可不可以照顾他让他最先买？"

大家听了，特别是前边的人听了，都立即表示赞同。

阿姨牵着我的手，把我带到前面，直接走到了买包子的小窗前，然后就回她原来的位置去了。

排在最前面的是一位伯伯，伯伯笑吟吟地抚着我的头，拉着我让我站在他前头先买。

当我双手捧着包子时，不知为什么突然非常想哭，随即便放声哭起来。我一边哭一边捧着包子，走回医院。那些排着长队的叔叔阿姨都望着我笑。

2021 年 9 月 2 日

煤　炉

　　在上海我抢着生煤炉，我觉得生煤炉应该是我的拿手好戏。

　　在安陲的时候上山打柴，烧火做饭，这可是我的日常生活。从读一年级起我就这样做了。

　　读一年级时我还不到六岁。年纪虽小，可是我的父母根本不管我，他们让我自己管理自己，我便非常独立了。这使我很高兴。

　　每天早上起来，生火做饭。

　　事实上也不能完全说是生火做饭，火是要生的，饭却不用怎么做。就是生起火来把隔夜的剩饭回回锅。我有时把隔夜饭煮成泡饭，有时搞个油炒饭，有时也来个一锅烩……总之是看心情随心所欲，完全任自己一时喜好，弄得心里美滋滋的。

　　我们卫生所别的小学生，比如陈松、廖伟雄就不能这样，就不是这样了。每天早晨，他们的爸爸妈妈都早早起来为他们操持早餐。

陈松和廖伟雄总是气呼呼地抗议，要求自己来，说："自己动手，丰衣足食。"

可是他们的爸爸妈妈听了都笑了，不予理睬。在这件事情上，他们不打算按孩子的要求办。

他们太担心儿子这样儿子那样了，都不敢放手，也都放不开手。

我觉得我在安陲烧起火来是一把好手了，在上海我要生个煤炉当然不在话下，自然也是一把好手。

当某天煤炉不幸熄了，要重新生火时，我立即挺身而出，站出来要求把这个生煤炉的光荣任务交给我来完成。

小舅舅看着我，打量了一下，有些吃惊。

但是他没说话，只是拿眼瞟我，眼睛里像是在问："你能行吗？"

以往煤炉熄了，生煤炉当然是他的任务。现在我要把这个任务抢来做了，他用眼睛问完我后突然决定让我试一试。

我的外祖母很支持小舅舅的这个决定："让伊试试。"

我想到我在安陲每天都生火，信心满满。不就是生一个炉火嘛，随便出手就能手到擒来。

但是当我真正做起来了，才发现完全不是那么一回事。

我在安陲烧的是柴火，干柴烈火一点就燃，生火几乎不费吹灰之力。在上海生煤炉，煤不是柴火，是石头泥巴，要把石头和泥巴燃烧起来，还真不是那么一回事，还真挺费劲。但是我觉得我还是能完成任务的。

在生了两次火失败后，我很快变聪明了，总结出了经验，我看出来心急吃不到热粥，决定按这个顺序来做：先把

一些纸放在煤炉里点燃，然后依势尽量多地加入木柴，当木柴燃起来甚至变成燃得旺旺的木炭后，再妥妥地加入蜂窝煤。如此定然一举成功。

把这个顺序想清楚了我非常得意，觉得这次手到擒来了。

当我正在按部就班这么做的时候，悦丽嬢嬢见了花容失色，她吃惊地大喊道："你怎么能这样生火，用这么多柴?!"

喊得我一脸茫然。

多烧点木柴不就是为了能稳稳妥妥地把火一举生起来吗?

后来我才知道在上海引火用的木柴是定量供应的，这次烧多了，下次可就没有了，那会造成生活的危机。

我没想到事情这么严重。

在安陲，满山遍野的树，柴火多得让人们失去了概念。

在上海，每一根木柴都如此珍贵。

我满脸惭愧地望望小舅舅，又望望外祖母。

外祖母和小舅舅笑眯眯的，一齐说："让伊去，尽管做你的好啦。"

再后来煤炉熄了，我就有点不敢自告奋勇去生煤炉了。

我的外祖母总是撺掇我说："侬去。"

小舅舅就把火钳交到我手里。

有时我想煤炉熄了，还有一个更简单更便捷更有效的方法呀，就是拿一块儿生煤去邻家换一块儿燃着的熟煤作为引火的煤不就成了吗?

但是我们家里居然没有一个人这么做，我十分不解。

2021 年 6 月 11 日

天　井

我总爱在天井里仰脸朝天，仰望天空。那时的天空白天是纯净的，蓝蓝的天上总有白云飘过。夜晚则繁星满天，像无数的话语。望着满天星斗，我感觉到自己已经读懂了星星的密语，能够与天对话与天相谈。

下雨的时候，我会跑到天井里淋着雨唱："落雨喽，打烊喽，小八腊子开会喽！大头娃娃跳舞喽!"这是小舅舅教给我的上海童谣。

我从上海回到广西融水苗族自治县人民医院爸妈身边，住在医院大院里，每下雨的时候也一样喜欢跑出来站在大院中淋着雨，用上海话大声唱："落雨喽，打烊喽，小八腊子开会喽！大头娃娃跳舞喽!"边唱，还边手舞足蹈。

大院空荡荡的，滴滴答答的雨声伴着我的吟唱，幽暗的雨光映照着我，院子里的树、被雨打湿的树叶，使天、地，以及我，看上去都带着几分诡异。

医院的大人孩子们好奇地一齐站在廊檐下望向我，呆呆地看着，听我唱他们完全听不懂不知唱着什么的上海童谣。

他们不明白我在做什么，他们一致认为我正在向天念咒语施魔法，但是他们更不明白我为什么要向天念咒施法。

在雨中，我一遍一遍唱念着这首童谣，任雨水淋湿着我的头发、衣衫。

后来长大了，在我要从军的那个晚上，我们的邻居燕子姐好像是再也忍不住了，突然问我："小时候你为什么总要淋着雨唱那首奇怪的歌谣？"

其时我已经不记得了，忘记有这回事了，忘记有这个歌谣了。但经她一问，我就记起来了，像拿一把钥匙"咔嚓"就把记忆之门打开了。记忆就是这样，平常是关闭着的、隐秘着的，需要一把钥匙，有了这把钥匙，一扭就打开了，记忆就呼呼地哗啦哗啦地从大脑里纷纷流出来、泄出来了，挡也挡不住。你便突然感到自己的人生原来并不枯瘦，并不干瘪，随着记忆开始丰满起来、丰富起来，并且生动起来。

通过记忆回忆，你重新经历了一次生命。

我听了燕子姐的发问便好笑了。不是笑她，是笑自己，是笑那时的自己。

那时我从上海来到融水，原本我就是一个孤独的人，来到融水后就更孤独了。我没有玩伴，没有相谈的对象，更没有能倾心倾诉的对象。我有的，只有我自己。我只有自己对自己说话，或者还有天，还有地。我只能与天地说话。雨是天地的一种话语，我感受着，并且也回应着，唱和着。我在雨中唱起的童谣就是对天地的回应、唱和。

当然，这是我后来的解读，但是我相信一切都正是如此。

想到这些，我并没有告诉燕子姐，没有给她解释。我只是笑了。生命里那些隐秘的东西是不能随便与人语、与人分享的。

在上海五原路家的天井里，我不但爱仰脸望天，也喜欢低头看地。天是变幻的，地却不动声色，可是却隐秘着更多容易寻觅到的迹象。天是无头绪的，地却有头绪，它们的秩序在四季里显豁，在时间里暴露，一枝一叶总关情。

在春天，我惊奇于石板的缝隙中悄然生长出来的一根根青草。它们的到来让我觉得不可思议。它们生长着的生命更让我觉得不可思议。

它们是怎么来的？风吹来的，小鸟衔来的，还是从人的衣缝里跌落而来的？

每一个问号里都带着奇迹。

天井的石板基本严丝合缝，几乎没有缝隙，可是它们就在这些几乎没有缝隙的古板间萌动了生命，并且郁郁葱葱昂扬地生长起来。

生命在我认为不可能诞生的地方诞生了，在我认为不可能生长的地方生长了。让我好奇，更让我诧异、惊讶。

好多回我蹲下身，打量着这些小草，观察着这些生命，感觉是个奇迹。它们让我觉悟到了，生命很多时候是无声的，是沉默的，也是恣肆的。沉默无声的生命是生命的一种神秘的姿态，恣肆的生命带着自身的神圣、庄严与自尊，自成宝相。

在青草的下面，在生命的生命里还存在着生命，那是一些蚂蚁。它们在青草的根部进进出出。这时，小小的青草就

像一把大伞，撑起它们的天穹，遮蔽它们，庇护它们。

如果说我惊奇于小草在天井的存在，那么我并不惊奇于蚂蚁在天井的存在。它们存在于天井中，倒让我觉得是一种天经地义、自然而然的事。

有了一种更顽强地存在、生存着的生命，对其他同样卑微地存在、生活着的生命，我反倒觉得平常了。看到蚂蚁，就像看到一个老农在烈日下汗如雨下地挥动着锄头。

但是我好奇于蚂蚁的世界，好奇于它们的自成体系、自成秩序。

它们似乎对它们之外的天地以及人熟视无睹。它们只顾只管以自己的秩序生存，延续，传宗接代，生生不息。

它们忙里忙外。

它们有使命吗？

它们觉悟到了自己的使命吗？

它们的使命是什么？

生命的神秘和神圣都在不可知中。生命所有必须生存、存在的密码都写在生命的内核里。生命对于生命自身无法认证更难以确切解读。

在夏天，熏风从石板升起卷进屋里，小舅舅打着赤膊摇着蒲扇，大踏步走出屋来。

他站在天井里，跺着青石板"哦荷"地喊。

小舅舅让我也喊。

他说这叫喊风。你喊着风，风便来得更猛烈更利落更爽快。

我羞羞地笑，害羞得不敢喊。

小舅舅也不计较也不强迫，顾自昂起头喊得更响更脆了。

随着他的喊声，果然疾风劲起，席卷而来。在天井里，风团团地吹得周身全是舒泰。

小舅舅得意地望着我笑。"你喊不喊？"他诱惑我。

我的喉咙痒痒的，也想要喊出来了。

可是我咽了一口口水后，终究被害羞束缚住，没能喊出来。

在安陲，也有喊风。

我们学校的同学们去田地里劳动，生产队长阿养叔教我们喊，他率先直起脖子，双手卷着喇叭朝天喊"哦嗬，风啊……"。喊声过去，只见田野里一阵风儿应声而来，吹得飞沙走石、衣袂乱舞，刮得我们东倒西歪，荷尔蒙顿时都升了起来。我们也跟着一齐大声喊："哦嗬，风啊……"这时候我不害羞了，我在众人中表现自若，喊得起劲。是独唱还是合唱，人的表现原来会格外不一样。

秋天的天井，阳光射下来，一条一条的，金黄金黄的像金子。光也是有形状的，在秋天里模样俊俏，棱角分明，伸手可触。

我和卡卡从屋里拿镜子来捕住阳光，把捕住的阳光好玩地投射到天井阴暗的地方。

顿时，那些常年不见阳光的拐角被我们用阳光照耀得熠熠生辉。

我们摇动镜片，使被我们捉住的阳光在阴暗里从这处跳到那处，从这一点飞到那一点，如一个小女孩灵动地踮起脚

尖翩翩舞蹈。

秋干枯了生机。这时天井里的小草开始枯萎了，变得焦黄，渐渐失却了青春模样。

可是我和卡卡并没伤秋，更不悲秋。

人还小，阳气正旺，看世界觉不到秋色正浓。

蚂蚁们忙忙碌碌地叼着食物，在它们的洞穴里进进出出，忙着储藏。

我与卡卡常常拿着一些饭粒犒慰它们。

我们把饭粒丢在它们行经的路途，然后蹲下来兴趣盎然地看它们合力搬取。

蚂蚁有着天然的聪明才智，更有着与生俱来的集体意识。在任何时候，它们总是同心协力。

我们的小舅舅有时也来观看。每每看到蚂蚁们齐心协力搬动食物的时候，他就教导我们："你们兄弟就应该像这些蚂蚁一样，只有齐了心协了力，才能做到自己做不到的事情。"

卡卡听了连连点头。可是我不认同，我觉得蚂蚁是蚂蚁，人是人，人在独立的时候可能更能做成事情。

我盼望春天，也盼望冬天。我喜欢春的春意盎然，也喜欢冬的白雪皑皑。"推开窗向外望，竹篱笆铺满白霜……"邓丽君的这首《冬之恋情》是我极喜欢的歌，我喜欢这样的冬的意境，我喜欢这样的冬的情景。

上海的冬，雪总是如期而来，不像在广西，很多时候雪是似有却无，要来而不来，你盼着盼着，冬忽然就过了，雪始终没见到来。

在冬天，天井里的雪细细地铺着，踩上去会听到雪疼痛的声音，让人怜惜。

我和卡卡在屋里看天井里的雪，常常有些不舍得伸出脚来践踏，可是又按捺不住对雪的好奇和兴奋。

静静会率先跑出屋去。她在雪地里跳新疆舞，我和卡卡靠在门边拍着手为她打节奏。

她转着圈跳啊跳啊。天井的雪地上满是她跳舞踏出的脚印，小小的，浅浅的，凌乱的，看不清章法的。

她还喜欢堆雪人。而我和卡卡更加喜欢打雪仗。我们把雪捏在手里，朝对方掷去。

这还不算，最开心的是偷袭。手里握着一把雪，趁对方不注意，冷不防朝对方衣领里塞去。

塞成功了的人乐得哈哈大笑。被塞了雪的人一边抖动全身，把雪从身体里抖出来，一边也快乐地哈哈大笑，拿起雪反身追逐对方。

卡卡——我的表哥、我的发小，现在他在西安，我在广西。我们已经分散在天涯海角了，我们已经几十年没相见更没相聚过了。那些小时候在天井建立起来的情谊，是否都疏离了，甚至被遗忘了？

2021 年 6 月 13—14 日

四合院

在这四合院里住着三户人家，这三户人家的主人老死不相往来。

最初我不明白为什么这样，感到非常奇怪。

在安陲，我们与隔壁邻居无不亲热无不亲近，左邻梁雪花，右邻黄炳文，我们跟他们几乎没有一天不往来，没有一天不在一起，没有一天不相互唠嗑说说笑笑讲着家长里短。生活就是共同的生活。你家炒了一个菜，会端到我家来让我家尝尝。我家得到了一些东西，也会匀出来送一部分给你与你共享。生活好像正应该这样。

而在上海的四合院生活是走样的，这三户人家的主人总是视对方如无物。院子里也人来人往，进进出出，却充满着隔阂和漠然，鄙视和对峙。我的外祖父外祖母都是与世无争的良善之人，他们待人诚恳热心，可是在这些人家面前却变了样，变得冷漠，变得视他们若无物。这让我感到好奇怪。我观察，却不敢用嘴问询。我不知道卡卡或者静静怎么看，他们也看到怪异，感到怪异了吗？

　　四合院的格局是这样的，我们住在坐南朝北的南屋，东屋住着一家五口，西屋住着一家两口。东屋人家的构成是这样：两个大人是主人，还有三个孩子，其中两个男孩一个女孩。西屋人家的构成挺简单：一个老人，一个与我一般大的女孩。

　　北屋没住人，好像是我们家的杂物间，又好像不是，里面长年没有人迹。不仅长年没有人迹，而且我就从来没见谁打开过。它的存在好像从来也没有存在。我曾经好奇过它打量过它，不过也就那么好奇一下打量一眼，很快就忽视掉了忘记掉了。之所以这样当然是因为大人们。大人们对北屋总是讳莫如深，从来也不会有人提起议起。也许就因为这样，北屋也就成了我们小孩的禁忌，至少是我的禁忌。

　　在我们家只有一个人不像其他人，只有一个人特别例外，这个特别例外的人就是我小舅舅。其实他不仅在我们家里是特别例外，在这个四合院里也特别例外。四合院里的所有人没有一个人会去别家串门，只有我的小舅舅没心没肺常到人家家里串门，而且一坐老久，迟迟不会离去，像屁股擦了520脱水，粘紧了凳子站不起来。

　　起先，对于他的串门我又惊奇又兴奋又羡慕想跟进去。他去串的门，总是东屋的门。大概是因为东屋里的两个男孩与他年龄相仿，甚至可能还是他旧日的同学。

　　他走出我们家的门去串门的时候，好多次我也立即像跟尾狗一样地跟着。但是，每次都像是有某种来自上天的屏障藩篱，把我隔离了。当小舅舅或者小心翼翼或者大踏步走进人家家里的时候，我总是驻足站立在天井，在门外突然止步

了，不再往前迈与他一同走进去。我总是在门外犹豫，彷徨。不知为什么我感觉总有一股力在阻止我内心的本能，使我最终服从了这种阻隔而在跟着小舅舅走到东屋的门前时脚步骤然停了下来，不再迈去。我在天井里徘徊、等待、并且留心倾听。我常听到小舅舅的讲话声，以及两个男孩被他的讲话引来的笑声。

对于小舅舅的串门，我的外祖父、外祖母、孃孃们、姑父们，所有人都保持沉默，全体都采取一种放任而暧昧的态度，似乎既不支持也不阻拦，但家庭的空气里由于小舅舅的串门，总会顿时凝固起某种复杂的情绪，道不得也道不明，更是不能语，不能与人语。他们用深深的眼光看着小舅舅出门，看着他迈进别人家的门，却都沉默不语。不知为什么，我却觉得我听到了他们内心深深的小小的又是重重的叹气声。

有一次，小舅舅悄悄告诉我，这个四合院在1973年前全是我们家的，不管东屋、南屋，还是西屋、北屋。可是现下不全是了。

他这么一说我就突然记起来了，我的曾外祖母在她还没咽气的时候就住在西屋。那时她已经很老很老了，老得已经不能动弹，总是躺在床上，在我的记忆里从没起来过。她留长长的头发、长长的指甲。指甲长到几乎与她的手指一般长，弯曲着，透明，像一根根象牙。三寸金莲总是露在被子外面。

有一天，外祖父带领全家老少候在门外，一个一个依次进屋去被她接见。

她一个一个地叮嘱留言，说着最后的话语。

我是由我的母亲领着进去的。

她见我进去，招招手让我近到面前，然后伸出手来握住我的手。

她的手苍白干枯，长着黑斑，手臂像一截被吸干了水分的老藤，手掌像晚秋里从树枝上轻轻飘落的树叶，冰凉，无力，浸满了岁月的沧桑。你看见这只手，就像看见了岁月，看见了岁月的风霜以及岁月的残败，也看见了人生的过往。

她喃喃地向我说话。她说一句，我的母亲就点一下头，让我也点一下头。

她只说了几句，就好像有点累了，喘息着挥挥手让我们走了。走之前，我母亲让我跪下给曾外祖母磕三个响头。

我的头敲在木地板上咚咚响，使得脑袋像一个被敲击后的瓮，嗡嗡声不停。

就这样我晕乎乎地被母亲领出了曾外祖母的房间，从此以后就没有再见过曾外祖母。

她的逝去是如此悄然，无声无息。

我既没有经历过她的生，好像也没经历过她的死。

在我的记忆里，关于她的生与死是一片空白。

我的曾外祖母就是这么来了，就是这么去了。我们所有的人也要这么来这么去，不管是否发出声响，总要归于寂静。

某一个假期，我从安陲回到上海，进了五原路的家，就发现一老一少住在了这间西屋里。

老的恐怕有七十岁了，少的也就七八岁，或者八九岁，

看得出来年纪比我大一点，个头比我高很多，几乎高了半个头，穿着白底印着小粉梅花的裙裾，扎着两只黄毛小辫，眼睛明亮，样子清纯而娇美。

在我还没有明晰到他们住着的是他们抢来的我们的屋子的时候，我对他们充满好奇，我经常跑进他们的家里。

他们的家不像我们的家。我们的家门基本总是紧闭的，只在进出的时候有一瞬的开合。他们家的门总是敞开着，站在天井里就可看到老者或者坐在堂屋中或者在堂屋里来回迈步。老者满头白发却健硕，长得人高马大，身板硬朗。他嘴里总爱叼着一根雪茄，雪茄或者点着，或者没点着。我喜欢看他含着雪茄的样子，显得很神气。多年以后我看电影《巴顿将军》，巴顿也爱嘴里叼着雪茄，显得神气活现，我不由得联想到这位老者。老者对我非常友好，非常和蔼，甚至明显流露出对我的怜爱。这让我油然产生了对他依恋的感情。

我喜欢去他们家主要是因为他们家在堂屋里养有一缸鱼。我喜欢看这缸鱼。我看见鱼悠然地游在缸中，它们静谧，从容，优雅，深深吸引着我，就像我在天井看蚂蚁。蚂蚁的秩序让我着迷，而鱼的沉静也让我着迷。它们的世界是那么安静，或者说它们是那么安静于它们的世界。这既令我着迷，又令我不解。我不觉得鱼应该这么生活，应该安于这种生活。长大以后，我想到这缸鱼就抿嘴笑。也许我那时就开始下意识地参悟人生了，看到了我们的人生就像鱼缸里的鱼，而我大概就是这样的一条鱼。

老者经常差遣我去弄堂口的五原路上帮他买雪茄。他每次只买一根。一根雪茄或许要抽一天、两天，也可能三天。

我总是很兴奋地接过他递来的钱屁颠屁颠帮他把雪茄买来。

这明显是一种讨好他的方式。我很乐于用这种方式讨好他。它使我感觉到快乐。

他也知道这种方式是我讨好他的方式，他也非常享受地接受。因此他也总乐于留给我讨好他的这个机会，以便让我能用来讨好他。

我们就这样一个乐于讨好，一个乐于接受。一个不断地制造接受讨好的机会，一个不停地鞍前马后地讨好。

这几乎成了彼此的一种心照不宣的默契，既而成了我们生活的一部分、一个共同的生活之秘。只要他的一个眼神、一个点头，我就明白了，我就立马效犬马之劳奔波于街头巷尾，进出于门前门后。

后来我知道原来他们是抢了我们的房子的人，依恋的情感完全消失了，继之而起的是仇恨。仇恨立即就在我小小的心灵里毫不犹豫地生长出来。我的眼睛放射出怨毒的光芒，这种恶毒的光芒我自己都能看到。它从我的眼睛迸射出来，像一把伸手就能捉住的刀。它闪闪发光，锐利无比，光芒所到，手起刀落。

我要用这把刀杀死谁?

可是我发现当我看到老者的时候，我对老者好像仇恨不起来。

我突然发觉仇恨居然好像是一种抽象的东西，它可以在我心里生长，存在，却无形，并不能针对具体的人。

恨只是一种抽象的意念，只在想象中存在。在现实生活

里我却没感觉到要恨，更没有感到深仇大恨。

可是我又发现理智在告诉我：你应该恨，应该恨抢了你房子并住在你房子里的人。

可是当我再次看到老者的时候，我还是恨不起来，一点恨意也没有。

我仿佛知道这是不对的，我仿佛知道我应该恨，并且应该复仇，可我就是没能恨，没有复仇的冲动。

这使我沮丧。

后来我为仇恨找到了对象，就是那个女孩。这令我高兴，有一种解脱的轻松。

有一次，我碰巧在弄堂口遇到了这位女孩，碰巧发现左右无人，碰巧想到了仇恨。

如果不是这一系列的碰巧，我想可能就不一定会有接下来我的发飙、我的暴行。

我突然决定趁机对这位女孩施予复仇。

我走上去毫不犹豫地一边狠狠地揍这个女孩一边叫："谁叫你抢了我家的房子！谁叫你抢了我家的房子！"

女孩先是愣了一下，很快就明白了，但并不还击，只是挣脱我，然后就跑了。

开始的时候我还担心她可能会还击，如果她还击起来我未必能打得过她。可是她一点也不打算还击。

她跑回家了。

我一直追，追到她家。

进了她家，见了老者，我突然装出若无其事、好像什么都没有发生过的样子，努力露出一脸坦然。

我以为她会向老者告状，这令我心里稍微有点紧张。

事实上她一声未吭，一言未发，好像什么事也没有发生过。

这让我一下心定了。

我进了屋，当老者让我为他买雪茄时，我没有一点犹豫接过钱飞跑着去为他买来了雪茄，继续讨好老者。

就这样，好多天我们就维持着这个奇特的现状、这种奇特的关系。

在外面只要没人，我见女孩一次就追打女孩一次，成了习惯。

她总是一见我扭头就跑，但从来也不告状，对我的暴行从来缄默，不与任何人语。

而在老者和女孩的家里我却总是装成一个乖乖仔，时刻讨好老者。

小小年纪的我因为要掩饰恶，便懂得了伪装，便学会了虚伪。

人心里隐秘地潜藏着各种的善和恶，诚实和虚伪。这些善和恶，诚实与虚伪也许一辈子也不会显现出来，需要某个机缘引发。但愿我们的人生只遇到那些能引发我们走向善走向诚实的机缘。

这样的恶行在我离开上海后才不了了之。

当我再回到上海，西屋已经空荡荡，没有了人迹。这一老一少不知什么原因搬离了。

我的外祖父和外祖母以及所有的亲人对我总是去西屋玩，像对待小舅舅去东屋玩一样自始至终保持缄默不干涉。

如果他们知道我还恶打了西屋的女孩又会怎么想，又有什么态度呢？是否也觉得出了一口恶气而暗暗高兴，还是不以为然？我无法猜度。

但是自从我知道西屋和东屋住的都是抢夺我们房子的人后，我就很反感小舅舅去东屋了。因为我发现小舅舅去东屋原来是去献媚，是去讨好巴结他们。

这让我气愤，愤慨。

有一回，他又去的时候，我照常跟着，在门外等。当我听到了他讨好的献媚声以及东屋哥儿俩的笑声时，我气得肺都要炸了，在天井里朝门里大声喊："吴鸿宾，你出来！"

我喊了数声后，我的小舅舅吴鸿宾才满脸羞赧地走了出来。

唉，我真是没大没小。不过，外祖父家好像并不很讲究辈分，而是更讲究事实、对错。对者为大。对者可以理直气壮。

2021 年 6 月 15—16 日

用桂柳话给众亲朗诵课文

几乎每个假期我都要从安陲回上海，临走时少不了要带上一样东西，就是书包。就算我忘了，我的母亲也不会忘，她总是提醒我："你的书包拣好了没有？"我当然不会忘，总是得意地回答："早拣好啦。"书包里装着语文书、算术书，还有作业本。而且在上海我也没有一次要母亲督促，都很自觉地趴在床边做起作业。

上海家里人口众多，不少人是拿有文凭有文化的人，可奇怪的是家里没有一张书桌。

偌大的一个家，竟没有一张书桌！

真是好奇怪呀！

不知道我的妈妈少时是怎样在这里读书上学的，孃孃舅舅们又是怎样在这里读书上学的，难道他们从学校放学回来，从来也不需要在家复习功课做家庭作业？

虽然我对家里居然没有一张书桌觉得奇怪，但也坦然接受，没有提出要有一张书桌的要求。家，就是这样一个地方，它所有的存在都是天然合理的，有的是合理的，没有的

也是合理的，都天经地义，都毋庸置疑，你要做的和在做的就是无意识地全盘接受。

我就坐在一张小凳子上趴在床边做作业。

有一天，悦丽孃孃看到我正趴在床上做语文作业，忽然来了兴致。她走过来坐到床边说："罗海，你读一篇你学过的语文课文让我们听听。"

我捧起课本就抑扬顿挫读起来。

"不是，不是。"她打断我，"不是这样读，你在广西读书，老师是用桂柳话教的，你就用桂柳话来读。"

我一想到在到处都说着上海话的上海，开口讲广西的桂柳话，用桂柳话给这些讲上海话的人读课文听，听起来会是怎样，顿时就害羞了，就不肯了。

悦丽孃孃就望着我的母亲，对我母亲说："阿姐，你让他读嘛。"

我的母亲笑吟吟的，但她看我很不情愿的样子，便有点犹豫。可是悦丽孃孃在一旁催促她，母亲便弯下腰来抚着我的肩头，用恳求的语气和我商量："那就用桂柳话，读一段？"

"妈。"我叫道，还是不肯。

悦丽孃孃在一边做怪脸，说："还不好意思了呢，一个大男人嗲声嗲气的。"

她这么一说，我的心里就生出了一股豪气。我站起来，双手捧起课本，腹中鼓足中气，开口大声用桂柳话读起课文来。

家里的其他亲人听到悦丽孃孃要我用桂柳话读课文，都兴趣盎然地一齐跑来做听众，屋子里一下围满了人。

我用桂柳话大声读起来，还没读完，悦丽孃孃就一头倒在床上肆无忌惮地捂着肚子笑，笑得上气不接下气，起不来。

见状，我又羞又恼，一摔课本，飞跑出了房。

我走在五原路上，又羞又恨又恼，生了整整一上午的闷气。

小舅舅还有孃孃们都出来找我，把我找到了，好说歹说才将我哄劝回了家。

现在想来，我不禁莞尔一笑。

那时的自己气量气度真是好小。但是现在，我多少改了一点，变大度了一些。

那时候，卡卡来自西安，静静来自新疆，我来自广西，大家也经常要求静静表演新疆的舞蹈。静静总是落落大方地站起来手舞足蹈，口中还唱着，逗得大家笑得合不拢嘴，可是就没看见静静又气又恼又羞过。我怎么就不能学着点呢？

2021 年 6 月 17 日

复兴中路

从我们家出来，穿过弄堂，跨过淮海中路就来到了复兴中路。路两旁除了有行道树，还有花圃，花圃中置有长椅长凳。小舅舅和小舅娘谈恋爱的时候，总是去到复兴中路。他们来到复兴中路，然后就进入行道树掩映的花圃中，坐下来，坐在长椅长凳上，谈情说爱。复兴中路因此是小舅舅和小舅娘的爱情路。

那时候我并不认为小舅舅和小舅娘会谈成恋爱。因为那是他们的初恋。初恋大多是不靠谱的。最主要的是谁都看得出来，小舅娘对小舅舅不冷不热，好像是将就着马马虎虎地谈着。

也不怪小舅娘三心二意，心不在焉。那时候小舅舅还是崇明岛上的一名插队知青，而小舅娘已是上海一家医院的护士了。两人地位和身份完全不同，甚至称得上悬殊。并且小舅舅的未来又是完全不可知，甚至堪忧，令人看不到前景。如何能让人放心呢？

不知我们家里的其他人是否看好这一对恋人恋爱的前

景。大概也就是姑且谈着吧，能走到哪一步算哪一步吧。然而我的外祖父外祖母、孃孃们却都相中了小舅娘，很看重小舅娘，甚至可以说都很喜欢小舅娘。当有一次发现小舅娘居然也喜欢打麻将，当她落落大方地在我们家的牌桌上落座，熟练而利索地把麻将搓得哗啦哗啦响时，我的外祖母高兴得合不拢嘴，一双笑眯缝了的小眼睛频频射向小舅娘，一边看一边点头认可。而孃孃们见老祖宗欢喜，哪能不顺着杆儿爬呢？这种相中与喜欢就注定成了决定性的了。

小舅娘长得温润白皙，大眼直鼻，小嘴贝齿，很好看。我一见到她就喜欢上了她，就认她做我的小舅娘了。我们的家人也都一致乐意并且极力支持要将小舅娘发展成为我们家里的新家庭成员。

小舅舅和小舅娘约会过了，回来，大家会一齐拥上前关心地焦急询问："情况怎样？"

小舅舅总是不搭腔，只会抓耳挠腮傻笑。

大家都在一边为他着急，催他："你说呀，快说话呀。"

小舅舅还是抓耳挠腮不答，仍憨憨地傻笑，笑得大家无可奈何，只好悻悻地散了。

只有悦丽孃孃不散，她不愿就此罢休，她让小舅舅到她的房间去，然后关上门不许任何人进来打扰，进门前还发出命令不许任何人偷听。她作为过来人，作为小舅舅至亲的姐姐，一定要在幕后教小舅舅几招赢取女孩芳心的秘诀。

从此小舅舅每次要带着小舅娘出门去恋爱了，悦丽孃孃就会像最具权威的教练对着已领受教诲准备上场的爱徒那样用力捏一捏小舅舅的肩头，再拍几下，然后手一松用眼神鼓

励弟子：勇敢地大胆地上场发挥表现去吧。好像恋爱就是一场竞技，谁的技术高超谁将赢得爱情。

这种场面很有趣，看得我总是不禁被逗笑了。

有时我也走过去学着悦丽嬢嬢拍拍小舅舅。

我人小，拍不到小舅舅的肩膀，只好拍拍小舅舅的屁股，并且尽力把他的屁股拍得啪啪响。

小舅娘带着微笑看着，似乎有点不屑。她知不知道悦丽嬢嬢在他们的恋爱中教授了小舅舅秘诀呢？恐怕是晓得的。我们家里有许多秘密猜也猜不透，但有更多的秘密一眼就能看穿。

好多回，当小舅舅和小舅娘走出门去谈恋爱时，我就会偷偷跟出去。我很好奇，为什么其他事情不要谈不用谈，光恋爱却要谈呢？谈恋爱是一种什么东西？小舅舅和小舅娘又会怎么谈？这些都是非常吸引我的问题。

看着小舅舅和小舅娘穿越弄堂时，我总以为他们会自然地走向五原路。这是一条我们都异常稔熟的道路了，我们每天都要在这里进进出出，不走这里又会走向哪里？况且五原路又是那么一条小巧的道路，又是那么一条可人的道路，它纤细、娇媚、温婉、幽静，在我看来正适合爱情。

可事实上，小舅舅小舅娘竟然从来也不走五原路。

他们出了门，站在门口你望我一眼，我望你一眼，相视一笑，然后彼此点点头，一句话也没说便默契地一齐转身，向相反的弄堂走去了。

直到许多年后我长大了才明白：爱情总是向往陌生，总是要向陌生的路径走去。

爱情的过程就是一种把生活陌生化的过程。

他们走到淮海中路，然后继续走，穿越淮海中路来到了复兴中路，才停下。

我一直尾随跟踪。

在尾随跟踪的过程中我学着看过的电影里特务跟踪人的方法，猫着腰，一下藏在一处房子的拐角，一下藏在一棵行道树的身后。

尽管我竭力不让他们发现，可至少我的小舅舅总是发现了我，就像电影里的特务跟踪人总是会被发现那样。

小舅舅发现了却努力地装作若无其事，有时还给我打掩护，故意挽起小舅娘的手，尽量跟她贴近了，好遮挡住她的视线，不让她发现我。

有时我跟踪得实在是很蹩脚很笨拙了，藏着的身子暴露得太多了，直让小舅舅着急。他会偷偷地伸出一只手在身后频频朝我摆动，意思是让我赶快藏好点。

我对自己的蹩脚笨拙又觉得不好意思，又觉得这样跟着他们真是很有趣，于是一边躲一边笑。

小舅舅和小舅娘走在复兴中路上，走着走着最后就会找一处长椅相依着坐下。

这时我就会猫着腰走近，躲在他们身后的树丛里或者一块儿景观石后偷听。

每次我偷听到的他们谈恋爱的内容都毫不稀奇，就让我大失所望。无非家长里短，无非油盐酱醋。

偶尔小舅娘也会谈到某本书，比如她曾经谈到一本叫《千重浪》的书，而我不学无术的小舅舅自然没读过，完全

应和不来，脸上露出尴尬的表情。

可是我读过呀，我真想替小舅舅谈，但又不能。我躲在暗处为小舅舅急得跳脚。

比如她还谈到一本叫《烈火金刚》的书。我小舅舅自然仍没读过，说不上话，还是只能赔着干笑。

我也没读过，我就用心默默地记牢了，决心回去后一定找来读。可是，时至今日居然仍没读。不过有一次是最接近读到了，可惜最后还是没读到。

那是一个暑假，我去东泉建生和社生表哥家玩，他们哥儿俩一见我便一唱一和津津有味地向我说起了《烈火金刚》，让我认定这真是一部好看而有趣的书，说得我哈喇子都流出来了。

想到小舅娘也谈起过，更勾起了我阅读的欲望。

我的姑爹在东泉中学做老师，表哥兄弟俩就是在东泉中学图书馆借看的这本书。

我立即建议他们赶快借这本书来让我也能读一读。

可是出乎意料的是，哥儿俩像合计好似的一齐摇头，拒绝了。

小气！我委屈得当即想哭。但是我终于忍住了，没让自己哭出来。

从此，我觉得我心里跟这俩表哥就疏远了。

现在想来，我是不是也器量很不够，就因为这一点小小的拒绝便在心里疏远了亲情？

那次错失了阅读《烈火金刚》，就一直没有再找到机会。

当小舅娘跟小舅舅谈到如何做一道菜的时候，这下才正

104

中小舅舅下怀。小舅舅会立即跟小舅娘说得眉飞色舞，滔滔不绝，几乎把话头全抢去了。

我在一边听着，又一次急得直跺脚，心里不停地喊："你要让人家也说说话啊！"可是小舅舅听不见，只顾滔滔不绝兴奋地顾自唱着独角戏，根本不让小舅娘有插话机会。

好在最后小舅舅总以承诺结束自己的滔滔不绝，他会讨好地对小舅娘说："回去我就做这道菜给你尝！"

小舅娘听了这句话好像觉得一切都不必计较了，立即眉开眼笑。最后关头小舅舅总算挽回了小舅娘的芳心，这大概就叫吉人天相吧。

1999 年，我曾写过一篇《爱情敲门》，发表在我家乡的刊物《广西文学》上，记叙了小舅舅和小舅娘间的这段爱情。直到现在，我都还很喜欢这个篇名：《爱情敲门》。多么美好！而那时我给自己起笔名"弦歌"，算是内心里一种下意识的应和。

2021 年 6 月 18—19 日

卡　卡

　　悦丽孃孃说我们的卡卡表哥寿头寿脑，比如说他从西安来上海，竟把带的所有裤子一次一块儿全穿身上了。回到上海的家后，悦丽孃孃帮他脱裤子，一边脱一边数，一二三四五，整整五条长裤。他不仅把裤子全穿身上了，而且把衣服也全穿身上，把所有路上带的东西都藏身上了。虽然说当时正值冬天，但一路上在拥挤的列车里仍被憋得浑身上下出了一身又一身臭汗。看上去可真滑稽，像只臃肿的粽子。悦丽孃孃感到哭笑不得，就说他"寿头寿脑"。

　　"寿头寿脑"是上海话，就是"太傻了""怎么这么傻呀"的意思。卡卡听了只傻傻地笑。

　　我的外祖母却不同意悦丽孃孃的评价，相反，她认为卡卡很聪明，她指着我和静静反问道："你们有他那么聪明吗？"

　　我们原本也在笑卡卡太寿头寿脑，但外祖母忽然这么一问，倒把我们也问糊涂了。我们一齐错愕，不知怎么回答。

　　外祖母说卡卡是怕长途旅行中把东西落下了，全部穿身上，只要人在东西就在。这么小一个小人就能这么想这么做，懂得谨慎，不是很聪明吗?

想想卡卡才九岁，能这么做，看来果然算得聪明，就不笑话卡卡了，倒是卡卡还在憨憨地傻笑。

自从外祖母说卡卡聪明后，我就留心和注意卡卡了。我发觉卡卡确实聪明，甚至称得上绝顶聪明。

有一次他到广州来看我，事先也不给我发通知，也不打招呼，就一个人来到了广州。

那天，我正在宿舍坐在床上和几位战友聊天，只见一个老百姓突然走进来，一进屋就仰天叉手躺到了我的床上。我感到十分怪异，正想生气，这位老兄却若无其事用他长长的眼睛笑眯眯地望我。

"呀!"我一看，立即就跳了起来，"这不是我西安的卡卡表哥吗?!"他已经从西安来到广州了。

卡卡这才团身起来。

我问："你怎么找来的?"

卡卡仍笑眯眯地不答。

他居然能找到我们单位，进到我们宿舍，躺到我的床上!

后来，我把这件事告诉了静子，静子脱口而出，说："你卡卡表哥看来是块儿做侦探的料啊!"

我立即觉得她说得很对。

有这样的本事，真是做侦探的一块儿好材料，不生在战时，而生在和平年代，真是枉费了这一块儿好料啊!

卡卡找地方从小就很厉害，所以小时候在上海我外出如

果有什么目的地，我一定要拉上卡卡，依傍卡卡。比如去人民广场上的大姨妈家，或者去北京东路上的美丽孃孃家，如果没有人带，我一个人基本是不会独自去的。这点自知之明我还有。我若一个人去，大多时候会找不到北。所以如果没人带，我又想去了，就会邀卡卡："走，去大姨妈家。""走，去美丽孃孃家。"一般只要我一提出来，一鼓动，卡卡就会立即毫不犹豫地接受，我们就一起上路出发了。在路上，我不由得偷笑计谋得逞，还总是把卡卡蒙在鼓里呢。

在我们众多的表兄妹中，卡卡最先当官，大家就都把他当作了最聪明的人。不知卡卡是不是也把自己当作了聪明人，他在家里从来也没显摆过没炫耀过自己是个官。好在我们上海的家里虽然也多少默认当官算一种成功的人生，却也不认为是多么了不起的成功。我大舅舅曾经也当过大官，但并没被家里人认为多么"高大上"。我小舅舅当了个科长，更没被认为有什么了不起。自外祖父起，家里人对比如钱财、官位等东西，就养成了一种看淡看平的心态。对此，我总是心生感激，心存感激。外祖父传承给我们的这种观念，我一直保持着。我觉得很好，它使我葆有了某种相对的独立，一种人格的独立。我很看重，这也是一个写作者应保持着的。

我记得更多的是，卡卡是我的发小，我们在上海的时候如何同床共枕，如何嬉戏游玩，我如何占他小便宜。比如，家里分食蛋糕，每人一块儿，各人分而食之。卡卡拿了他自己的一块儿，我也拿了我自己的一块儿。然后我狼吞虎咽，三口两口抢先吃完，就去抢夺卡卡手里的那份。卡卡被我抢了蛋糕，总是显得若无其事。抢就抢吧，他拍拍手，当作什么也没发生。

表哥卡卡从小就淡定，就看得开，这不仅是一种聪明，这简直是一种智慧了。

2021 年 8 月 4—5 日

静　静

　　静静小时候总是我的跟屁虫，我去哪里她就想跟到哪里。可是我不待见她，不愿意也不喜欢她跟着我。我和卡卡去玩，总要耍心眼玩计谋要把她甩掉。静静可怜兮兮的样子，有时也挺令人垂怜，让人不忍，可最后我还是忍住了，把自己一颗柔软的心变坚硬了。

　　静静是三姑父光荣和三嬢嬢惠丽的女儿。我们小时候，光荣姑父与惠丽嬢嬢还在新疆。虽说在新疆，但境遇应该也还好，他们都是一所学校的老师，可是他们还是把静静寄养在了外祖父家。就像我，我的爸爸妈妈在广西的安陲，虽然当着医生，仍是国家干部，衣食无忧，却也把我寄养在了外祖父家。包括西安的卡卡，也是这种情况。我们因此从天南海北不约而同来到上海的外祖父家，聚到了一块儿。

　　但是我不知为什么不喜欢静静跟着我，更不知为什么静静却总想方设法跟着我黏着我，这常常让我无奈，又气愤，又感到好笑和可笑。一个人为什么总要黏着一个人，跟着一个人呢？想想我自己也是这样。在上海，我曾经也很喜欢跟着小舅舅，黏着小舅舅。小舅舅去哪里我就跟到哪里，连他谈恋爱也跟着。真好笑！

小时候当我们一同在上海时，卡卡、我，还有军军、鸣鸣，我们大多时候是只知道玩，后来我才又多了一份读书兴趣。我和卡卡甚至是疯玩，玩得很野，没日没夜，没边没际，整个上海只要我们想到的地方，我们统统都去玩了，静安寺、豫园、外滩、植物园、动物园、万体馆、南京路、淮海路、福州路……但是静静不同，那时静静的父亲——我们的三姑父居然安排静静去学钢琴。从这一点立即可看出三姑父和我们外祖父家教的迥异。外祖父对我们像对待一帮野生动物野生植物，采取一种放养的姿态，任我们自然地自由生长，而三姑父虽然远在几千里之外，但不管鞭长可不可及，都要管教，要安排。大约是 1975 年的时候，他便安排静静上一位钢琴家那里学琴，每周两天。我们几乎对静静学钢琴这件事听而不闻视而不见，当作没这回事，一点也不受影响，该怎么玩还怎么玩。我和卡卡，没说起过一句静静去学琴的事，我们不感兴趣。

而静静却没有让我们，至少是我，置身事外。一天，她来恳请我陪她一块儿去学琴。

"枯燥死了。你陪我去。"她说。

"我陪你去不是一样枯燥？"

"不一样，你去了，你只要站在那里，我就不觉得枯燥。"

"好吧，好吧。"我本来想拒绝，但想到她好像是如此需要我，我就有点喜上眉梢了。被人需要是一件令人欢愉的事，我便答应了下来。

和她上路，走出五原路，来到淮海中路，然后沿着淮海中路走，看到路边一栋花园洋房，静静就带我进去了。

上了二楼，是一间宽大的客厅，客厅临窗的一角摆放着一架钢琴，黑色，锃亮，窗外的光线照在它上面，可以看到阳光在它光洁的面板上跳舞。

站在钢琴旁的是一位女士，乍看也许六十岁，也许七十岁，甚至八十岁。她的头发雪白。被阳光穿过，雪白的白发显得白上加白，白得剔透。

当她把脸转向我们的时候，我才发觉比她那一头白发明显年轻很多，脸庞还是光洁的，眼睛明亮、清澈，像儿童的眼睛。

她对我们点点头，示意静静坐上琴凳，然后就开始教学了。

她讲话轻声细语，仿佛不是来自人间。

但是她对静静的弹奏并不满意，后来她干脆指着我说："你，过来，弹。"

让我吃了一惊，又无比欢喜。

我早就跃跃欲试了。

大概让她看出来了吧。

静静站了起来，把位置让给我。我在琴凳上坐下，在她的指导下弹了起来。

我一边练习着，她一边点头赞赏说："很好，很好。"

我的手指在琴键上灵动地舞蹈，我感觉一切是那么美妙！那一刻，我突然产生了一个错觉，我几乎认为我纤细得有点女人化的手指天生就是用来弹钢琴的，整个身子都像是一个一个音符在跳跃，在起舞了。

静静看到我这样，听到我被赞扬，笑靥如花，好像比她被赞扬更欢喜。

我们离开的时候，老师问我："明天还来吗？"

我想了想，摇摇头，决定不来了。

女士叹息一声，让我们走了。

走在路上，静静问我："你真的不来了吗？"

"不来了。"

静静也像那老师一样叹息了一声。

那时候，我觉得静静是一个很蠢的女孩，学弹琴已经比不得我，读课文做作业都比不得我，常要向我请教。

每当她向我请教时，我便挺胸凸肚趾高气扬大模大样地装得很像老师，指手画脚，指指点点。

她则像一个乖乖的学生一样听我指点。

因为这样，我甚至想过将来要当一名老师。

只不过，我还是不满足于去当一名老师。我觉得一个人一生应该饰演很多种角色，工农商学兵样样都做了，才不枉这一生。

有一次，老师让我们写作文《我的理想》。我写了一节想当一名老师后，又写了一节想当一名医生，又写了一节想当一名军人，又写了一节想当一名科学家，又写了一节想当一名拖拉机手……

老师读了我的作文直接给了不及格，令人扫兴。

2021 年 8 月 5—9 日

乌鲁木齐中路 261 弄 14 号

　　在安陲的时候，父亲让我给外祖父外祖母寄信，地址是
上海市乌鲁木齐中路 261 弄 14 号。

　　在安陲，我看到这个地址和写着这个地址时心里总有一
种异样感，不只是亲切，它像藏在我身体里的某段基因，我
触摸到它，就像捉摸到了我生命源头上所有的密码，循着它
将会找到我生命的开端，灵魂初生的地方。

　　小时候当父母收到一封来信，落款上写着"上海市乌鲁
木齐中路 261 弄 14 号"时，我看到了立即会有一种窒息感，
透不过气来，总是下意识地屏住呼吸，悄无声息地在一旁紧
张地看父亲或母亲手里拿着的信。信在父亲或者母亲手上轻
轻抖动，像是我的一颗按捺不住的心在跳动。我不知道我为
什么要这样会这样。而我的父母从来也没有发觉，他们对我
的心完全忽视。

　　每回一看信封，我就知道信是外祖父写来的。外祖父写
信用的信封与众不同，总是一只旧信封。外祖父每收到别人
寄给他的信后，除了看信写回信，还要做一件事，就是总要

小心地把信封用刀片划开，然后翻折过来拿糨糊重新粘好，做成一只新的信封，以备寄信用。收到外祖父寄来的信后，我总要好奇地拿着撕开的信封，用手将它卷成圆筒形，拿眼睛往里瞅，看信封背里的字。我看到原来是新疆惠丽孃孃寄的，或者是西安吴鸿恩大舅舅寄的，又多添了一份亲切与温暖。外祖父不仅自己翻做信封，我在上海时他还教我做。他让我坐着，手把手教我怎样握住刀片，怎样将刀片小心地插进信封的贴口里，怎样一点一点地把贴口划开。我长大了在外工作了，寄信的时候我拿来装信的信封好长时间也是用这种翻新的旧信封，显得自然而然。直到有一天我忽然发觉有所不妥才不再这样了。人的习惯和承传，就是这样潜移默化养成的。要改变这种习惯或中断这种承传，一定要等到我们自身灵魂的声音足够强大了，强大到足以同它抗衡，甚至淹没了它们。有些人的来自自己灵魂的声音永远微弱永远稀缺，甚至没有，那么他们一生只能是在倾听祖辈的声音、遵循祖辈的声音中度过。

乌鲁木齐中路 261 弄 14 号就是我幼年住着的四合院，可是这么多年来我一直认为它是五原路某某弄 14 号，直到问了刘秉弟确证不是，而是乌鲁木齐中路 261 弄 14 号，我才把记忆修正过来。但是我还是觉得非常奇怪。我们每次进出家都是走五原路，出门穿过一条短短的弄堂就到了五原路，我们几乎从来也不走乌鲁木齐中路，乌鲁木齐中路从来似乎和我们家没有关系，至少很少有关系，哪知道我们家却叫乌鲁木齐中路 261 弄 14 号，而居然不是五原路某某弄 14 号！乌鲁木齐中路几乎没有留着我们的生活，与我们的生活

几乎毫无牵连，毫无关系，不像五原路每天都与我们的生活息息相关。外祖母每天买菜去的是五原路菜市场，我们日常所有的需要——柴米油盐酱醋糖，全由五原路提供，全在五原路购买。五原路是我们的一条日常生活路，更是一条蕴藏着我们情感的路，我留恋它，眷恋它，甚至可以说爱慕它。它在我的记忆里，有着缠绵、温柔的性情，它驮着我的童年，在上海进进出出，来来往往。而我对乌鲁木齐中路却是如此陌生、疏离、隔膜，我完全没想到没对应上它事实上是我们家的地址。它和我的情感是分离的，当我在信封上看到"乌鲁木齐中路 261 弄 14 号"的地址时，无论我是感觉亲切的，还是内心是战栗的，想着的都是五原路。

乌鲁木齐中路 261 弄 14 号在二十世纪八十年代中期拆掉了。开拆的时候我和父亲都在广西，不久我们回上海探亲，父亲带着我特意去看。只见乌鲁木齐中路 261 弄 14 号已是一片废墟，推土机、挖掘机，各种机械正在上面走来走去，轰隆作响，弄得大地、天空尘土飞扬。父亲看着这一切，低着头，然后说："走。"从此，我再没有来过。其时，外祖父已过世，外祖母以及其他人被临时安置在郊外一处偏僻的临建房。临建房低矮，潮湿，昏暗，逼仄。我的外祖母已经很老了，走路颤颤巍巍，两腮因嘴里没牙而凹陷。她见到我，说："囡。"然后要倒茶给我。我想不让她倒，却不敢动。在上海期间我就在这处临建房住下了，并没有去别处住，虽然拥挤和简陋，但外祖母在哪里，家就在哪里。

在乌鲁木齐中路 261 弄 14 号上新建的群楼建得是那么缓慢，我的外祖母以及其他亲人住在郊外的临建房里只得耐心地等待回迁，一年又一年。每回回上海探亲，我都盼不到回迁的日期。看着越来越衰老的外祖母，我甚至以为我的外祖母是等不到回迁的那一天了。在外祖母八十岁大寿那天，小舅舅为外祖母祝寿，说"姆妈长命百岁"，外祖母笑呵呵地点头。天降洪福，我外祖母果然长寿，等到了拆迁十年后的回迁。回迁的乌鲁木齐中路 261 弄还叫乌鲁木齐中路 261 弄，但 14 号改成了 3 号，高楼大厦，厅堂明亮，充满喜气。

2021 年 6 月 19 日

编组站

　　编组站上有天桥，是让行人从编组站的这边横跨过天桥，去到编组站的那边的。有一阵子，我几乎每天在夕阳西下的时候，去到编组站，一步一步拾级而上，踏上天桥，站在天桥上，手撑着天桥的铁栏杆，看脚下的编组站一字排开的数十道铁路，看这数十道铁路上无数的列车，看一节一节的列车车厢如何一下这节和那节脱开了，一下那节又跟这节勾联上了。听着它们在对接时发出的巨大轰隆轰隆声，感觉这里铺开着的是一个魔幻般的场景，上演着的是时刻在变幻的魔术。这里展现着的是一个神奇的世界。在夕阳的照耀下，它幽暗，铁轨们一会儿在这儿一会儿在那儿闪烁着诡异的光芒。编组站上几乎是无人的，至少是很难见着人。整个宽广的编组站，见到的只是庞大开阔的场地、一字排开的几十道铁轨、无数好像在自动行走的火车头。火车们本来是没有生命的，可是这时候仿佛灵魂附体，都具备了生命，并且还都生命力勃发，生机勃勃。它们不仅有生命还有思想，正按照自己的思想，坚定不移地行进着。一节一节的火车不停地脱离、连接，连接、脱离，然后长长的对接好的火车咣当咣当呼啸而去，踏上我不知在哪里的归宿。一切都是那么奇异，一切是那么诡谲。在夕阳的暗光里幽影里，我不仅是一个旁观者而且是一个被异化者，我不仅是一个客体而且是一个被异化的客体。我突然发现，在这里，我仿佛不是我了，我被异化成一种我不知道是什么的东西，被抽空了思想，迷茫和茫然笼罩了我，令我迷失。恍惚中，我不知道我是谁，为什么在这里，为什么要在这里。

　　1984 年，我们在五原路的家（哦，准确的说法应该是乌鲁木齐中路的家，但我还是喜欢叫它五原路的家）拆迁了，一家人被政府临时安置在离五原路二十公里开外的龙吴路上的乌鲁木齐路动迁安置房里。房子是用铁皮和油毡建的，铁皮围起的屋墙，油毡盖成的屋顶。我们就住在这简易的勉强遮风挡雨的房子里。窄窄的门，小小的窗。房子昏暗、逼仄，人在屋里磕磕绊绊，床加上锅碗瓢盆，挤满了空间，让我感觉到几乎透不过气来，感觉到窒息。我的外祖母神态平和，安详，安之若素，她说："囡，要喝水吗？思奶给你倒开水。"她拿出一只碗，把它放在床头柜上，拎起一只暖水壶打开塞子，把暖水壶朝碗里倾。顿时一股热水从暖水壶里流了出来，汩汩地流进了碗里，碗内一下冒出腾腾的热雾气，把我和外祖母隔离了。在这扩张的热雾气中，我看到外祖母皱巴巴的面容像一朵安静开放在雾霭里的莲花，若隐若现，若即若离，若真若幻。我忽然觉得有点惭愧，为自己有点灰暗的情绪而惭愧。我并不想喝水，但还是端起碗来，假装口渴地喝了一口。把碗放下，我便走出门去。门外已建了

成片同样的屋子，一排一排相向而立，组成窄窄的巷道，巷道里空无一人，阒然无声。在五原路上歌唱的蝉们肯定不知道我们已经来到了龙吴路，它们的歌声我已经不容易听到了。置身龙吴路，已然在这里安营扎寨，对于年老的外祖母，我甚至以为这里可能成为她最后的栖身之所了。这里没有高大的梧桐树，没有绿化带，也没有花，没有草，简易的道路全部被柏油硬化，开不出一朵花，长不了一棵草。

走出安置点，拐了几个弯，就看到了编组站。我望着编组站，忽然感到是望着我生命中的某种宿命。

有一回，父亲又带我回到了五原路我们的原住地。只见拆迁工地上各种工程车车声隆隆，尘土飞扬，一派繁忙。我没想到父亲会带我回来看看。看来父亲是个怀旧的人。常言道，有其父必有其子，但我好像同我父亲并不像。一般来说，我讨厌怀旧，所以我从十六岁开始记的日记，有几十本，写下后基本没再去翻动过，更没再翻读过。好奇怪，我也不明白为什么会这样。动迁中，我只跟父亲去过这一次五原路，我自己却从没单独去看过动迁里的五原路。而可以想见，父亲肯定不止一次来过，自己单独或随别的亲友。在五原路的原住地上，他领着我这里看看，那里寻寻，眼里满是希冀与回味。渴望看到一些过去的痕迹，期望寻到一些没有抹尽的残影。终于真的被他找到了蛛丝马迹，比如一块儿路牌、一件旧物。他又惊又喜，有点激动地指着说："你看你看，这是什么？"我却很漠然，不仅没有露出像他一样的惊喜，而且内心简直不起一丝涟漪。见我这样，父亲有些不好意思，像小孩一样自笑。我觉得自己多少有点残忍了，打击到了父亲，有点自责。回望和留恋，是人类的一种美好情愫，因为它们存在着，我们的内心才能时刻燃烧着温存和暖意。

我之所以不愿意陷于回忆，可能是受曾经读到过的叶芝的诗的影响。他说："当你开始回忆时，证明你已经老了。"我害怕自己老去。

叶芝的《当你老了》写得多好：

> 当你年老，鬓斑，睡意昏沉，
> 在炉旁打盹时，取下这本书，
> 慢慢诵读，梦忆从前你双眸
> 神色柔和，眼波中倒影深深；
> 多少人爱你风韵妩媚的时光，
> 爱你的美丽出自假意或真情，
> 但唯有一人爱你灵魂的至诚，
> 爱你渐衰的脸上愁苦的风霜；
> 弯下身子，在炽红的壁炉边，
> 忧伤地低诉，爱神如何逃走，
> 在头顶上的群山巅漫步闲游，
> 把他的面孔隐没在繁星中间。

特别是这句写得实在好："多少人爱你风韵妩媚的时光，爱你的美丽出自假意或真情，但唯有一人爱你灵魂的至诚，爱你渐衰的脸上愁苦的风霜。"有写不尽的蕴意。这是傅浩译的。还有人译成："多少人曾爱慕你年轻时的容颜，假意

121

或真心。只有一人还爱你年老时眼角的皱纹，爱你朝圣者的灵魂。"我觉得译得也很好，可惜我忘记是谁译的了。

人人都说杜拉斯在小说《情人》里，有着惊艳的开篇，写出了隽永的金句。这是她的开篇：

> 我已经老了，有一天，在一处公共场所的大厅里，有一个男人向我走来。他主动介绍自己，他对我说："我认识你，永远记得你。那时候，你还很年轻，人人都说你美，现在，我是特为来告诉你，对我来说，我觉得现在你比年轻的时候更美，那时你是年轻女人，与你那时的面貌相比，我更爱你现在备受摧残的面容。"

她无疑是受叶芝《当你老了》的影响，几乎是照抄了。我读着，不觉笑了。

父亲带着我在五原路上流连一番后我们回到了龙吴路。我一个人又走上了天桥，站在天桥上用手撑着栏杆，默默地看着编组站上无数道的铁轨、那些在无数道的铁轨上的无数节火车。它们脱离，勾连，又脱离，所有的命运都写在这几个字里，有着无穷的意蕴。

2021 年 8 月 22—23 日

弄　堂

　　上海的弄堂总是像迷宫，似乎有着无限多的入口和出口，又似乎到处都是死路一条。你寻觅它，它让你茫然、迷茫，不知哪里是你应该选择应该走的正确路途。你走着走着，突然就把一条弄堂走穿了，从这条马路走至另一条马路了，这令你意外，这才知道是错了。你迷惑，不知所措，不懂要抵达的弄堂里的目的地究竟身在何处。或者你走着走着就走进了死胡同，走进了不是你要进的别人家的一处院子，前边再也无路可走了。你站在院子中央，又尴尬又心慌。院子里的人抬眼看着你微微地笑。大概他们是遇着多了，见惯不怪，一点也不诧异，一点也不惊奇。他们会热情地凑近来，打听你要到哪里，然后不厌其烦、絮絮叨叨给你指明路径。但是，上海的弄堂是指点不清的，越听越糊涂，越指点越让人不懂。你只好嗯嗯啊啊听着，含含糊糊点着头，返身走了。院子里的人大概也知道你并没有听明白，他们会热心地追出来用手指着前方继续耐心地尽可能详尽地说："喏，侬就朝这里一直走，然后左拐，然后右拐，然后再左

拐……"在我看来，弄堂里许多路口长得都一样，像无数对双胞胎，而且它们每一处的路径都无比繁杂多变，就算有人指点，还是让你找不着北。我们家住的乌鲁木齐中路 261 弄就是这样。而且非常怪异的是，要想走进乌鲁木齐中路 261 弄，找到我们的家，你一定不能想当然，以为走向乌鲁木齐中路就对了，你不能径直从乌鲁木齐中路进入。正确的走法不是乌鲁木齐中路，而是五原路，要从五原路的一个不起眼的入口进入。所以好多年来我一直以为我们家的住址是在五原路上，直到不久前我向秉秉表弟求证的时候才被他指出我其实一直都错了。在上海的时候，一旦我一个人要自己回家我就慌神。可是那时候又总爱一个人乱跑，喜欢一个人跑在大马路上逛来逛去，到处神游，哪怕遭遇一次又一次找不着家的风险，仍乐此不疲，仍然要这样。人真是一个既自不量力又不知好歹的动物，好奇心会战胜所有的恐惧和阻碍。

2021 年 6 月 20 日

五原路

一

我喜欢这条马路，喜欢这条归家的路。每次一个人外出走回到五原路的一瞬间，我就感到我的心安宁了，就有一种踏实感在心头像一块儿石头落地。虽然我知道就算来到了五原路，要找到家也还有一个过程，也还不那么容易，也还可能有许多的寻寻觅觅。但，我的心已经安定了。在心理上到了五原路，人站在五原路上了，就算仍找不到家，仍迷失在五原路，我也不怎么害怕了。我知道进了五原路就不再会有大的迷失，终归能寻到家。

五原路是一条十二三米宽、几百米长的小马路，两边绿树成荫，长满了法国梧桐。在春天，特别在夏天，这些长在道路两旁的法国梧桐硕大的叶片几乎完全交集到一起，把五原路遮盖起来，使得五原路具有了童话般的神采，人走在其中不禁会充满遐想和幻想。特别是在夏日灿烂阳光的照射下，那些树和叶片，色彩斑斓，变幻莫测，更令人迷离。

　　五原路适合装下一颗沉静的心，也适合安抚一颗躁动的心。它有一种女子的气质，阴柔、缠绵、娇小，不用说，还有妩媚。它很美丽。我生长在这条路上，我发觉也许正是这样一条路，让我作为一个男孩久而久之也沾染上了一点女性的气质，我的心变得纤细、敏感，说话小声小气，常常面带羞涩。这使我对自己很不满，我想改变，我一直在努力，可是好像收效甚微，这让我十分无奈。人是环境的作品。好在我的整个童年、少年，并不单单只在五原路上度过，那时候作为医生的我的父亲母亲正响应毛主席"把医疗卫生工作的重点放到农村去"的号召，在广西边陲的安陲这座被深山老林包围的村庄建起了一间卫生所。我的童年以及少年因此被分割，时而在上海，时而在安陲。安陲的山野小路蜿蜒而曲折，粗粝而芜杂，使得我的心又具有了些许狂野情怀。遗憾的是，不管是上海还是安陲，都是南方并且都是典型的南方，一个近似江南水乡，一个类似南方雨林，使我的心并没能最终粗犷起来，还是过分缠绵。如果我能够一半生活在南方，一半生活在北方该多好啊！我在军队的时候总是下意识地结交来自北方的汉子，山东的山西的河南的河北的，他们豪爽的个性和气质让我倾倒。

　　五原路是我的一条童年的路、少年的路。在这个年龄段，我出入在五原路上，我成长的岁月被它塑造，被它打上深深的烙印。不知道是幸还是不幸，是应该欢喜还是应该悲伤，是一个喜剧还是一个悲剧。看上去像一个童话的五原路，事实上细碎、庸常，充满着人间的烟火气息，又使得它不仅像一个童话，更沉积着世俗的生活。马路两边一路排开着的糖烟酒店、副食品店、热水店、浴室、酱菜店、理发店……使五原路充满庸常和世俗的味道，使我与它存在着千丝万缕形形色色完全生活化着的联系和关系。走在五原路上，我既喜欢它总体现出来的那种童话般的烂漫，也喜欢它不动声色的庸常和世俗。五原路，它一边把自己打造成为一个童话，让人仰头幻想，一边又阅尽人世的风情风景，而引人低头沉思。它在人生风景的风景处，它又不在风景的风景处。它是这人世的一处风景，它又观照着人世间的风景。它不仅是一条引领我走向世俗欲望的路，更是一条观照我灵魂让我回归内心的路。

二

没有想到张乐平就住在五原路，他的具体住址是五原路288弄3号。从1950年到1992年他一直居住在此，整整四十二年，直至离世。与我的生活有着一个长期的交织，可是又疏离着，让我最终没能与大师亲近。

我无数次走过他的居所，可以想象我也大概无数次同他对面相逢，同他擦肩而过。只是我从来也不知道与我对面相逢过的，与我擦肩而过的人里，其中有一个叫张乐平。正是"对面相逢不识君，等到识君君已别"。如果我知道他就住在五原路，就是我们的邻居，我肯定会去认识他，烦扰他。自小，他就是我倾慕的人。我会成为他的追星族，进而进入他的生活，至少会窥探他的生活。被人窥探的生活肯定是一种不胜其烦的生活，窥探别人生活的人在一定程度上肯定是一

个令人讨厌的人。而我因为张乐平，因为大名鼎鼎的张乐平，肯定会成为这样一个令人讨厌的人。

无知有时候是一个很好的东西。关于"无知"，王朔有一句名言："无知者无畏。"其实无知除了无畏，还有别样的好。首先是对别人的好，正由于我的无知，不知道张乐平是我们的邻居，我才没有打扰干扰到张乐平。这对于张乐平一定是一桩幸事。而对于我来说也不能说不幸，从另一方面说来可能也是好事，使我没在张乐平面前成为一个讨厌的人，使我避免了趋炎附势。

我的外祖父买过不止一本张乐平的书给我：《三毛流浪记》《三毛从军记》等。不仅我在上海的时候他买过给我，我回安陲了，他还重复买给我，追着我的足迹又从上海兴冲冲地寄给我。

我趴在上海的阁楼里翻读张乐平的书。

离开上海了，在安陲，我和我安陲的小伙伴们一起翻读张乐平的书。

读得津津有味，乐趣无穷，乐此不疲。

那时候我对三毛的三根头发特别感兴趣，基本上可以肯定地说，正是因为张乐平设计了只长着三根头发的三毛形象，才使我对这个人物兴趣盎然。如果他画出的不是只长了三根头发的三毛，是一个别样形象的三毛，很可能我就不感兴趣了。形象设计对于文学作品，对于文学表达实在很重要，有时甚至重要到决定作品成败的程度。

以我外祖父作为老上海人老五原路人来说，一定是知道名人张乐平就住在五原路上是我们的邻居的，可是他一句也没对我说起过，更没打算或者甚至鼓动我去寻访。这只能说明外祖父觉得我读了张乐平的书，喜欢上张乐平的书，就好了，没必要认识什么张乐平，什么名人不名人，不应该傍名人。钱钟书写出了《围城》轰动一时，好多人都慕名想去认识他，钱钟书始终隐而不现。他不现身的理由是，你吃鸡蛋，觉得这个鸡蛋好，尽管吃好了，何必要认识下这只蛋的鸡呢？这样说，也对，可是，也不对。对是因为貌似也还合逻辑，不对是因为也不合逻辑。吃上好蛋，吃了喜欢吃的蛋，吃了蛋的人再想要去看看下这只蛋的鸡长什么模样，甚至去拿颗米喂喂这只鸡逗逗这只鸡，在心理学上是一种正常行为，叫好奇心满足。钱钟书如果肯满足读者那真就更好了，可是钱钟书不愿这样做，这显出了文人的一种狷介，有自己为人处世的底线。这一点在我看来很可爱很可贵很可敬。

外祖父不以为意地忽略了张乐平与我们共居在一个生活圈，完全无意于让我认识张乐平。如果那时我知道了，肯定会埋怨外祖父，现在我却很欣赏外祖父的这个行为。这说明他不主张我仰视生活，不让我去仰视生活。事实上，一直以来他都引导我去平视生活，这使我有了一种对人的平等心态，或者更让我有了一种不卑不亢的对生活的态度。很多人对生活不是仰视就是俯视，缺的总是平视。

三

我惊讶地发现有人为五原路写了歌，歌名就叫《五原路》。

　　这个叫陈意心的人这么写道：

擦肩旋即回首你的音质

你的音质　不清楚　不清楚

转身或若向前　我的视界

我的视界　太模糊　太模糊

昨天　今天　明天　后天

隐没忽而跃现　他的一切

她的一切　很在乎　很在乎

经营些许休业　我们的梦

我们的梦　有多近　有多远

昨天　今天　明天

后天　永远　瞬间

　　表达着一种遥远，更表达着一种迷茫。

　　陈意心自幼就生长在五原路，作为歌手自然也像普通人一样念念不忘走过来的路、生活过的地方，最终他用这首歌叙说了自己对五原路的追忆与怀念。歌的旋律采取民谣的方式，又加入了现代摇滚乐与爵士乐的韵味，东方式的倾诉掺杂了西方式的表达，迷离而惆怅。

　　我尤其喜欢歌里的念白：

　　　五原路是我小时候长大的地方，我并不肯定是否喜欢它，就像歌里和诗里说的一样：你看到自己的故乡，就想到了天堂。

你看到自己的故乡，就想到了天堂！

五原路在我们共同的回忆中是否就似天堂？

四

五原路是条没有开通公交车的马路，几十年来我一直没有在意，觉得这是一件很自然而然很正常很平常的事。它的幽静和安谧无疑是因了没有公交。

上海是个那么喧哗、那么喧嚣的城市，却留存了一块儿静地让我生长。

我现在居住的城市早些年提出要实现条条道路通公交，那时我听说了觉得太好了，如此太方便市民出入了。

果然，如今不仅每条马路，甚至每条小巷都开通了公交。

每出门走在大街小巷，特别是小巷上，只见庞大的公交车在窄窄的小巷中灵巧地穿行，拐弯、掉头、急停，身手灵活自如，出神入化，令人叹为观止。

可是与上海的五原路一比，又发现做到条条道路通公交，其实是肤浅了，浅薄了。城市也像一幅画，也像一篇文章，需要有露有藏，需要有显有隐，需要有直有弯，需要通畅与便捷，和那么一点凝滞。

这才令城市有嚼头，可品，才有蕴意与深味。

也许我现在居住的这座城市的管理者们发觉了条条道路通公交的想法并不十分的好，便重新做了规划和调整，建设一些不再通行公交的马路，名为"步行街"。最有名的是五星步行街，在城市的最中心，高楼大厦围束着的马路，没有车辆，只有人迹。虽然不像上海的五原路那样由于时间的沉淀而有着历史造就的深味，却也开始有了嚼头。

走在五星步行街石板铺就的道路上，有了一种喧闹中的沉静。在匆匆步履下的流连，不觉中让人的步子和生活慢了下来，有了某种"陌上花开，可缓缓归矣"的意趣。

不过掉头来想会发现，步行街的目的性太强了、太明确、太分明了些，一切只是为了商业，又令人未免有些索然。

我既生长在上海这样的闹市，却又生长在闹市中的五原路这样一个没有公交的地儿，结庐在人境，而无车马喧。它自然一定会给我带来了些什么，造就了我些什么，潜移默化了我些什么，却一时看不明白，想不清晰，只觉得是可欣慰的，是可喜慰的。内心的平静便是这种感觉最好的回应。

五

我已经离开五原路，卫慧才来到五原路。我不由自主生活在五原路，卫慧则因为喜欢主动选择来到了五原路。

她在五原路买下一套房子，其中有一间大大的书房，有一间小小的卧室，外加一处阁楼。这样的布局也许对那时的卫慧来说正好。

五原路是迷离的，它吸引过许多知名和不怎么知名的文艺人：陈传熙、俞振飞、言慧珠、张乐平、陈丹燕、秦怡、江寒汀、谭盾、黄英、李泉、杨在葆、达式常、卫慧……他们使五原路不仅具有历史感，亦充满了文艺感，且更加迷离了。

卫慧在这里白天写作、听音乐、看书、睡觉，夜晚交谊，出席各种舞会，跳舞，倾谈。

作为作家的卫慧思想无比锐利，像一把尖刀刺入世俗的肉体，然后不动声色地呈现给读者。

同样是上海作家的陈丹燕要比卫慧平和温和得多，她写了许多关于上海的书，也写了许多关于五原路的文。我一口气买过多本她写的关于上海的书，如《上海的风花雪月》《外滩影像与传奇》《永不拓宽的街道》等。我尤其喜欢《永不拓宽的街道》，她在书中写的这句话——五原路是我小时候长大的地方，我并不肯定是否喜欢它，就像歌里和诗里说的一样：你看到自己的故乡，就想到了天堂，后来成为她与歌手陈意心合作的歌曲《五原路》里的旁白，我尤喜欢。

但是与卫慧比来，陈丹燕在写作上过分有规有矩，或者甚至可以说过分循规蹈矩，没有逾越半步。

也许陈丹燕太像五原路了，她生在五原路，长在五原路。不是说，人是环境的作品吗？五原路这么一条温和的路，抹去了陈丹燕的棱角。而卫慧虽然也住在五原路，可她不过是一个置入者，还得靠时间打磨。我不能想象抹去了棱角，变得像五原路了的卫慧会是个什么样子。

2021 年 6 月 22 日—10 月 2 日

五原路菜市场

　　也许没有任何一个地方比菜市场更具世俗的烟火气，更具人世间生活的气息与气味。好多次我沉溺在菜市场，东走走西看看，挑点肉买些菜。

　　我喜欢听卖菜人的吆喝声，它们总是自然地成腔成调，有着音乐的韵律和旋律。我发现，当一种职业需要辅助以吆喝声的时候，从事这种职业的职业人就自然而然天然地必然地被造就成了一个音乐家，比如磨刀人："磨剪子嘞，戗菜刀……"这样的吆喝声直接便进入了音乐。他们的吆喝声此起彼伏，不仅像一首现代的摇滚乐，更透露着来自原始的人类最初的音乐节律。

　　我喜欢看买菜人和卖菜人的斤斤计较，讨价还价。只见他们大眼瞪着小眼，嘴巴斗着嘴巴。有时候争得很凶，有时候却互相讲着软话。表情丰富，语言多姿。争吵、斗嘴正是他们的生活乐趣，而看他们沉迷在这种乐趣中又成了我的乐趣。

　　我去买菜总是不好意思还价。卖菜的人见我来买菜，只需眼角一挑就能看清楚我是一只来菜市场买菜的菜鸟。我能想见他们心里轻蔑地对我冷笑，却在面上向我挂出热情洋溢的微笑，在这种热情洋溢的微笑里内心正扬扬得意理直气壮地给我报出最高卖价。我明知道如此，却仍羞于还价，仍愿意忍声吃亏。后来，我想出了买菜不让自己吃亏的办法。以后我再进菜市场买菜，先在菜市场环眼四顾，挑选好一位看上去精明的大爷或大妈，便亦步亦趋跟定他（她），他（她）走哪里，我跟到哪里，他（她）买什么菜，我跟着买什么菜，前提就是等他（她）把价谈好。这些大妈（大爷）看出了我紧跟他（她）们买菜的意图和目的，总是非常高兴，非常欢喜，乐呵呵对着我笑，很乐意。看来能帮人，特别是连举手之劳都不用就能帮助到人，真是人生的一件乐事。不仅如此，他（她）们还立即充当起了我的保护伞，他（她）们会问我："阿弟，你还想买什么菜？"然后就雄起起气昂昂走去帮我砍价，砍好价，转身让我买。卖菜人看明白了，也认了，笑嘻嘻地望着我。称菜，收钱。这真是很有意思的一种菜市场生活。人会有天生的软肋，而生活会使人学到聪明地避开软肋的办法。

五原路菜市场装着我童年的寂寞、少年的孤寂，装着我人生的流连和对生活生命的体验与体悟，一切都是最初的，一切都在萌生，风霜雨雪，电闪雷鸣，步入混沌，混沌初开……我总是一个人在这里兜兜转转。肉摊、菜摊、鱼摊，鸡、鸭、飞禽、走兽……那些沉默的和呱呱叫的，那些已经停止下来的和还在生长的，那些透露着新鲜生机和发出腐败气味的，在我心里含混着、弥漫着，模糊着、清晰着，无处不在着，又处处空无着。

2021 年 6 月 26 日

北京东路 607 弄 6 号

馨良姑父和美丽孃孃住在北京东路 607 弄 6 号，从五原路要换乘几次车才能到达。

每回到上海，我最希望住的就是北京东路 607 弄 6 号馨良姑父和美丽孃孃家。

在上海所有的亲戚家只有那里有书，并且是一整个书柜的书，《三国演义》《水浒传》《西游记》《聊斋志异》等，它们深深地吸引了我。就是因为这些书，我非常渴望能够住在北京东路 607 弄 6 号。

我那么喜欢读书，关于这点，总是让我感到非常奇怪，非常迷惑，因此甚至产生对自己的惊奇：怎么会这样？我一直深信人是环境的作品，可是我生长在外祖父家，而外祖父家，可以说是一本书也不会有，你几乎找不到一部书！在我的记忆里只见过唯一一部书，这部书是小舅舅的，被小舅舅偷偷藏在他枕头下，是一部被撕去了封面的《金瓶梅》。我看见后拿起来翻了翻，很快被小舅舅惊慌地抢走了，说："不许你看！"我撇了撇嘴表示不屑："我才不稀罕呢！"我这么表示了，果然也不再去看了。直到今天我也没有看过《金瓶梅》。当年那个"不稀罕"一直影响我到今天。我的一位朋友总是喜欢总结人生，他曾这么说："在人生中很多小小的事件、一个小小的触动、一点不起眼的触发，都能够影响甚至决定人的一生。"我回想我从此不看《金瓶梅》，便对这句话深信不疑。在那个几乎一本书也没有的环境里我应该很难养成读书的习惯，可是不知道为什么，也不知道从什么时候开始，我偏偏养成了爱读书的习惯。

这可能得益于我不但生活在上海，也生活在安陲的缘故。

在上海的生活是一个基本封闭的生活，除了同家人接触很少再跟其他人接触。而在安陲，安陲虽然是一个偏僻的山村，人际生态却是呈扩散和开放状的，我不仅接触邻居、同学，还接触到整个村庄，甚至整个公社的人。在那个如此偏僻闭塞的山村却也比在外祖父家能接触到更多东西。我就是在那里接触到最初阅读的书籍的。也许就是因为在安陲能接触到书，所以培养起我爱读书的习惯。

在上海，有一天我的外祖父意外地发现我爱读书，因为他看到我在看书，那部在看的书应该是我从安陲带来的。

被他发现我读书让我惊惶、害怕。我放下书束手立着，以为一定会遭到一顿训斥。可是非常意外的是，外祖父并没有训斥我，而是一言不发，默默走开了。更意外更令人不解的是，第二天外祖父下班回来，居然给我带回了一摞书！真是令人惊喜、欢喜不胜！我抚摸着书，爱不释手。

外祖父一会儿笑眯眯地看着我抚书的样子，一会儿凝

神深思却好像有点后悔。他的表情复杂、怪异，让人捉摸不透。

我很担心外祖父这是一时兴起所致，再也不会有第二回了。

不过仅仅有这一回，我也心满意足了，我并不贪心，也不敢贪心。

事实上，绝不止这一次。从此，外祖父便定期给我买书。我在安陲，他不但定期给我买书，还定期给我寄书。一箱一箱地寄，一年几次。

好多年里我在安陲最大的快乐就是收到外祖父寄来的书，我向小伙伴们炫耀的最大资本就是收到从上海寄来的一箱箱书。为了这些让我心满意足异常喜欢的书，为了这些让我感觉须臾离不开的书，有一年我甚至决定不上学了。而我父亲居然也放任我，听任我真的不上学，这让我感到无比惊奇。后来我有点后悔了，虽然有书相伴是快事，但整天一个人孤零零的，也很无聊无趣，有点想念上学能和同学们在一起的时光，但是又脸皮薄对父亲开不了口，最后只好一天挨过一天，得过且过，就这么挨过了一学期。很多时候我总是觉得人生真是不可思议啊！每当我收到书后，总是邀约一帮同学来到家里一起翻看这些书。这时，我盛气凌人，颐指气使。这时，同学们都乖乖地听从服从我的安排。后来长大了，每回想起我幼时曾经这么颐指气使，总生出羞愧之情，觉得自己那时是多么可笑啊！

我的外祖父持续寄了几年书给我，每收到书，我父亲就要教我给外祖父写一封信。他甚至手把手地教我写，信里表达对外祖父的感谢感激。并且他也要给外祖父写一封信，除了表达感谢感激外，还极力主张不要再给我寄书了。这使我感到很诧异很奇怪，并对父亲产生了强烈不满。我很担心外祖父听了父亲的话果真就不寄书给我了。幸好外祖父还是一年年寄给我，才让我悬着的心放了下来。可是有一年在父亲强烈的坚定的要求下，外祖父终于听从了父亲的话，从此不再寄书给我了。我不知道父亲为什么要这样做。我暗自伤心，默默流了好几回泪，但从没有在父亲面前显露过。在父亲面前，我显得一切好像都风轻云淡，有书和没有书似乎都无所谓，都无足轻重。

那最后一次寄书给我的日子是1976年的夏天。

家里一本书也没有的外祖父却鼎力支持我读书，我的外祖父真是一位奇怪的外祖父。

我因为能读到书而渴望去北京东路607弄6号住的秘密从来也没有向谁说过，完全偷偷藏在自己心底，谁也没告诉，谁也不愿不肯告诉。我那时是一个多么内向的孩子。每次馨良姑父和美丽孃孃来到五原路要离去时，现在想来我少年亮晶晶的眼睛肯定都充满了要跟他们一起去的渴望，这个渴望真是太显然了太昭然若揭了，肯定好多次都让馨良姑父看出来了，因为好多次馨良姑父都笑吟吟地望着可怜巴巴的我并如我所愿地在转身走之前说："就让罗海跟我们一起去吧。"而外祖父和外祖母听到了，每次也都笑呵呵地高兴地同意了。我记得馨良姑父没有一次说："就让卡卡跟我们一起去吧。"或者说："就让静静跟我们一起去吧。"总是说："就让罗海跟我们一起去吧。"我立即既有点羞涩又无比兴奋

地牵着馨良姑父的手，紧紧地拉着不放，生怕放了愿望就会落空。只有他把我带出了门，乘上了公共汽车，车向北京东路 607 弄 6 号开去时，我那颗悬着的心才终于放下。

北京东路 607 弄 6 号是典型的石库门，在北京东路上。弄口临着北京东路，是一个用石头砌起的门洞，弄堂的路面上铺着青石板，青石板坑坑洼洼的，下雨的时候坑洼里积着的水反射着光，倒映着人影，弄堂就有了生色，便生动起来，甚至感觉灵动起来。没有雨的日子，弄堂显得灰暗、沉寂、了无生机。进了石库门，是一条几乎完全黑暗的走廊，只隐隐约约地透着光影。这个走廊既是通向各户的通道，还是四五户人家的共用厨房。走廊两旁因摆满锅碗瓢盆、煤炉、砧板，不仅显得非常拥挤，简直是令人难以移步，你需要小心翼翼，一步一挪。馨良姑父在前边带领我走的时候总不停地提醒"小心，小心"，可他却大步流星，如入无物之境。馨良姑父和美丽孃孃家却没有在这里与邻居们共用厨房，而是在自家屋里拿通往客厅的一截短短的过道做了厨房，独立而自在。把走廊走到底，上楼就进了馨良姑父和美丽孃孃的家。房子的布局一字排开，以楼梯间为界，右边是一间客房兼书房，左边是客厅，由客厅往里走是主卧。在通往客厅的过道上不仅做出厨房，还在一处拐角有点像变魔法似的居然改造出了一个卫生间和盥洗间，里面安装着抽水马桶。这样一套小小的房子，麻雀虽小却五脏俱全，令我诧异。我外祖父家的房子可比这里宽敞多了，却既没有卫生间也没有盥洗间，更没有抽水马桶。我不明白外祖父为什么不把我们的住家改造得更适宜居住，比如也完全可以装起抽水马桶啊。在外祖父家，好多时候我完全不喜欢用马桶。在五原路菜市场有一排公厕，只要有可能，我总是偷偷跑出门去到那里解决大问题。

现在我写到这里的时候才突然明白了一个事实，那就是：不仅是书，这些生活上的各种便利、舒适，也都成为吸引我去北京东路607弄6号的缘由吧。少年时，我很崇尚苦心励志，我爱孟子讲的这段话："故天将降大任于斯人也，必先苦其心志，劳其筋骨，饿其体肤，空乏其身……"我把它抄在我本子的扉页上，经常捧读。我认定，不管天将降人以大任小任，人在少年青年时期都应苦心励志，只有这样一个人将来才可能独立于世。可是事实上，我又下意识或者说自己都意识不到地有着对物质的喜欢和享受。除了书，想到在北京东路607弄6号的舒适，我就喜滋滋，总盼望着去那里了。

我极其喜欢带着书香气息的馨良姑父和美丽孃孃家，外祖父家完全没有书的气息，在那里有的只是庸常的小市民生活，这种小市民生活曾遭到我另外一位姑父的鄙视和批判，但是我不以为然。一个人一生选择过得庸常、求得庸常难道是一种错吗？对此指责只能说明是另一种狭隘。王小波很推崇罗素，他在自己写的文章里曾经一而再再而三地引用过罗素的一句话："须知参差多态，乃是幸福的本源。"我觉得很对，完全认同这句话。我们的社会应该容许并且提倡"参差多态"，这是人类追求幸福的本源。

在北京东路607弄6号，馨良姑父总安排我睡书房兼客房，这是我盼望的，也是必然必定的。每次馨良姑父总是亲

自把我送进房间，然后在掩上门前微笑着嘱咐我："小囡囡，早点休息啊。"我怀着兴奋的心情，假装听话地点着头。当门一关上，我激动而迅速地去书橱里取下一本一本书贪婪地翻读起来。在这里，我几乎每次读书都要读到东方既白，然后怀着又忐忑又兴奋的心情等待馨良姑父到来。馨良姑父每次都懂得我在彻夜读书，可是他总是装作并不懂得，让它仿佛成了我自己的一个秘密。这令我又害羞又感激。一个人能坐拥"书城"，直到现在我都认为是世上最美好的事情、最美妙的享受。

有一次我要离开上海回安陲了，但我实在舍不得一直在捧读的《聊斋志异》，一想到起码会有一些时日不能读了就依依不舍。一直以来对于馨良姑父家的书我仅限于在北京东路607弄6号读，从来也不敢奢望能把书带出来，更不敢想敢带去安陲。人要本分，有底线，要守诚。这是我一直崇尚的。我觉得这是人的立足之本，只有这样才能在社会立下足。可是这次我实在太舍不得了，就顾不得坏了规矩突破本分了，于是我在临走前鼓起勇气向馨良姑父开口借这本书要带回安陲读。人有时会做出一些看上去不可思议甚至突破自己本性或底线的事，大约就是这样的起因吧，其实还是贪欲作怪。馨良姑父听完了我的请求沉吟了一会儿答应了，但郑重叮嘱我记得还回来。我听了也郑重地点了头。在回安陲的火车上我便一直在翻读《聊斋志异》，看了一篇又一篇，爱不释手。这本书成了我在安陲的枕边书，它长期地陪伴着我，但是我也没有忘记自己对馨良姑父的承诺——要原本带回上海去还给他。可是，最后我没有践诺：在假期回上海的时候我竟忘记带上这本书了。在上海再见到馨良姑父，我的内心非常忐忑，惴惴不安：自己讲话不算话了。馨良姑父并没有追问，假装忘了这件事。我却一直牢记，告诉自己下次一定要带回来还给馨良姑父。非常诡异的是，我从上海回到安陆后却发现《聊斋志异》不翼而飞了。这下我没有办法也不可能把书再还回去给馨良姑父了。这成了我的心病，让我总是念念不忘。直到现在，每每想起，我就感到抱愧。但又因不能也无法与馨良姑父说，而在内心加深了一层无助与无奈。

2021 年 6 月 27—28 日

买　书

　　我九岁的时候，西安的大舅娘从西安来，她从来没见过我，这是初见。走在南京路上她执意要买一样礼物送我，算是初次相见的见面礼。

　　我的母亲不同意，觉得不必破费了。

　　可是我母亲越阻拦，大舅娘就越执着，一连声问我："罗海，你喜欢什么？告诉舅娘，舅娘给你买。"

　　有了这个机会我心花怒放，可是母亲执意不让舅娘买又令我无比担心，怕是一切最终要泡汤吧。

　　好在这时悦丽孃孃及时地站出来说话了，她拉着我母亲说："好啦好啦，阿姐，就让嫂嫂表示表示心意吧。"

　　在我们这个大家庭，悦丽孃孃性格最洒脱。

　　母亲听了这才不阻拦。

　　我兴奋不已。

　　平常长辈送我们礼物总是自作主张，自己买下了送我，不像大舅娘她居然征求我的意见："你喜欢什么舅娘给你买。"这让我非常欢喜。如果所有的大人在买礼物给我们小人时都像大舅娘这样先征询我们的意见，那这世界就更美妙更美好啦！

我有点羞涩却毫不犹豫地拉着大舅娘沿着南京路往前跑。

刚开始大舅娘不明白我要干吗，只是身不由己地随着我走，后来突然想明白了我这是在拉她去一个地方要请她给我买礼物啊，于是便非常高兴地随着我跑。

我们一路小跑着进了一家大型综合商店，那里面有玩具，更有书。

开始大舅娘以为我是要买玩具，后来却发现我竟拉着她朝书柜跑，就有点吃惊了。

她完全没想到一个九岁的孩子，最想要的不是玩具而是书。

这本书我早就看好了，每次经过这家商店我都要盯一眼。

它摆在橱窗里，显眼，耀目，却安静。

我拉着人舅娘来到书柜前指着这本书给大舅娘看。

大舅娘看到了，又吃了一惊。

这不是小人书，是一本成人读的书，而且还是一本大部头。

大舅娘有点不敢相信，疑惑地低头望了望我。

我见她在疑惑地望我，便朝她很肯定地点了点头。

大舅娘明白了，朝服务员说："请拿这本书。"

大舅娘为我买下后，低下身来问我："还喜欢什么？"

我没说话，拉着她跑出了商店大门。

大舅娘送我的礼物依我的意愿就这样完成了。

在商店的橱窗里摆放着三本书，一本是《古兰经》，一本是《理想国》，还有一本是什么现在不记得了，其实我统统想要。可是那时候我知道一个人的要求要适可而止，不能太贪心，我就只请求大舅娘为我买了我最想要的书。

事情就是这么怪。

那时候出版社正在陆续出版一批中外经典名著，我恰逢其时看到了这些书，便请大舅娘为我买下了这本书。

有一天，我和母亲及悦丽孃孃、鸿丽孃孃逛福州路。

平常逛街，她们停下来看东西的时候，我就停下来找书店。

福州路是上海所有马路中书店最密集的马路，走不出几步就有一家，就像《水浒传》里好汉们走过的城镇到处林立着酒馆。

这一次我蹩进一家书店时，一眼望见了《阿登纳回忆录》。我立刻就喜欢上了这本书，立即转身跑出门，把妈妈拉了进来。

悦丽孃孃、鸿丽孃孃自然也跟了进来。

我向妈妈指着《阿登纳回忆录》说要。

我的妈妈不同意购买，扭头要走。

我不依，依然说要。

悦丽孃孃和鸿丽孃孃问："小囡，你能读得懂？"

我点了点头。

悦丽孃孃说："小囡说要就买呗。"边说边要掏钱。

我妈妈赶忙抢先付了款。

收款的阿姨一边收钱一边对我说："小朋友，你真的能读懂哦？"

我不理她，生她的气，觉得她小瞧我。

阿姨发现了我的情绪，哈哈地笑。

这是一部由上海人民出版社于1973年出版的《阿登纳回忆录》。

我回到安陲后，也经常捧读。

其实我现在可以肯定我根本读不懂，可是那时候我总是喜欢读我读不懂的书。

我记得大约是在1974年的某天，我和同学跑进废弃已久的安陲地主炮楼寻宝，果然找到了一件宝贝，是一本《东周列国志》，半文半白的，还是繁体竖排，我也捧而读之。不管读得懂还是读不懂，总之是读得津津有味。也就是这时，通过半猜半蒙我开始慢慢认识了繁体字。

我那时候读书真是包罗万象，不管是什么书，捧起来就会读得津津有味，而又完全不打算求得什么甚解。

那时对读书真是胃口太好了。

我外祖父自从发现我喜欢读书后，总是一摞一摞地买书给我读，他每见我在埋头读书，总是在一边不出声地看着，脸上笑眯眯的，露出一种很满足的情绪。

我被他这么看着，都难为情起来了。他就笑说"小猪头"，然后走开了。

虽然外祖父支持我读书，还大把大把地买书给我读，可是并没使我满意。他给我买的书全是小人书，也即全是连环画，《一支驳壳枪》《鸡毛信》《红色娘子军》《红灯记》等等，

没有买过一本大人的书给我。而那时，我早已不满足于只看这些小人书了。

从八九岁起我不仅养成了读大人书的习惯，还养成了读大人的大部头书的习惯，这种习惯一直保持至今。我到图书馆阅书，在书架找书，眼睛总是盯着那些有厚厚书脊的书，薄的书基本一概被我忽略不见。我知道以"貌"取书读书，也不好，却改不了，也不肯改。

有时候我很希望外祖父带我去买一次书，让我自己到书店去选书。

奇怪的是，外祖父从来也没给过我这个机会。

现在想来外祖父大概是不舍得给我这个机会吧，他要把机会统统留给他自己。为他的外孙选书买书一定是他非常大的一件人生乐事。

可惜幼年时的所有书，现在一本也不剩，全部被我父亲送人了。

那时父亲调动工作要从一地搬到另一地，他觉得所存的书太累赘了，就把他的和我的书统统送了人。

那时候我正在部队服役，在遥远的地方知道父亲把我所有的书送人了，却也不以为意，甚至还觉得很好很妙很高兴。将书送给有缘人岂不是一件好事妙事，一件快乐事！

我在上高中时遇到了一位物理老师。他很奇特，来教室上课从来不带任何书本教案，总是空着双手而来，站在讲台上他会说同学们今天请翻到某某页，我们上某某课，然后滔滔不绝。从头到尾都是这样，不需要课本不需要教案，而能把课本每一页都记得清清楚楚，连带作业题。讲完课了，布置作业时，他会说今天做某页某道题。

这让我们又惊奇又佩服不已。

有一天大概是为了回应我们对此的惊奇，他给我们讲了一个故事，他说有个学者某某（可惜我不记得名字了，在网上搜一时也搜不到），读书读一页撕一页，人家问他为什么这样，他答："全记在脑子里了。"

我们听了这个故事明白了，也希望自己是读一页撕一页书的人。

可是我自然没有能做到读一页便记住一页，却接受了不存书的习惯。

所以当我知道父亲把我所有的书都送人后，我完全不在意：送就送吧。

但是现在，我已经很在意了。我现在买的任何一本书，都希望好好地存留在我的书柜里，哪怕书的内容我已经全记住了。

2021 年 7 月 29—31 日

上海图书馆

多年来我一直有一个习惯，每到一地要逛书店进图书馆。可奇怪的是，小时候在上海我那么喜欢读书，逛过不少书店，却居然从来也没进过图书馆，从来也没想到要去图书馆读书。真是令人费解！

上海图书馆离我们家可以说近在咫尺，在淮海路上，距我们住的地方仅六七百米远，步行都不要十分钟，如此方便便捷的图书馆我却连一次也没去过。那时候我只想去书店买书，把书买回家读，从没想过去图书馆看书。最主要的是，我甚至连图书馆的概念也没有。我想这也许和家教有关，和我外祖父从来不读书看报有关。

写到这里，我还是百思不得其解：人是环境的作品，我在这样一个不读书不看报的家庭长大，应该像我的所有其他亲人一样，也不读书不看报才是，却为什么偏偏嗜书如命，一天不读书就像丢了魂？

但是可笑得很，我虽嗜书如命，却不知去图书馆读书。

在安陲小学读书的时候，安陲小学是因我们的到来而建起来的，或者说是因为我们的成长而建起来的。当我们长成了学校的适龄儿童了，安陲就建起了小学。简陋的安陲小学最初是没有图书室的，后来有了也让我不屑一顾，它还没有我个人的图书多。

后来我父母调到了和睦公社，我在和睦中学上学。学校的图书室是我最爱去的地方，下课去，甚至上自习也偷跑去。

很多回在上课期间我偷跑去了，这时图书室里坐着的基本上都是教职工和他们的家属。

有位老师看见我觉得奇怪，问我："同学，你不用上课吗？"

我语塞，答不出，他却释然一笑，不再睬我，令我松了口气。

后来我每次逃课到图书室看书，见到他，他总冲我微微一笑，也不再问我："同学，你不用上课吗？"彼此心照不宣，让我感到十分惬意。

有一回，他居然同我闲聊，问我叫什么名字。我觉得我直接把名字说出来不够文雅，就答"我姓罗，名海"，重点是又说"字医文"。说完有点得意，这个"医文"是我自己给自己起的。

学着古人为自己起个字，恐怕是这个学校的唯一。

现在回忆起来却感到酸到掉牙。

可是他听了并没有露出欣赏我的表情，脸色始终平静，只点点头，"唔"了一声，这让我很失望。

我在和睦中学不但嗜书如命，还养成了偷书的习惯。

我偷书不是整本偷,我没有那个胆,就是用"开天窗"的方式偷。看到报纸上有一篇自己喜欢的文章,看到书里有一页自己喜欢的文字,趁人不注意,我便会"嘶"的一声把它撕下来揣进怀里。

我的行为恶劣,手段也笨拙,不出几次就被图书管理员抓了现行,吓得我脸色煞白,像死了一样说不出一句话。人没死,魂灵却被吓死了。

管理员也是一位同学,他把我抓到老师那里,让老师处分我。

可是老师并没有处分我。

不但没处分我,老师还说:"你爱看书就做个图书管理员吧。"

当时我的泪就流了下来。

我做了图书管理员,心想一定要对得起老师的信任,就改了偷书的恶习。

后来父母调回了融水县城,我在融水中学读书。

春意盎然的八十年代到来了,意气风发的八十年代到来了。读书成了人们的日常生活。书店、图书馆里,每天都人头攒动。

我刚从乡下来到县城,做什么事都怯生生的。

去县图书馆借书读书,不敢像一直住在城里的人那样理所当然地向前拥挤着借书读……

我木木地站在一边,不知所措。

终于被图书管理员发现了,她招招手让我过去,问我:"你想借书?"

我应了一声，把借书证递给她。

她伸手接了，看了一眼，两眼立即放光，叫了起来："你就是罗海！"

我觉得好奇怪，不能投以相应的热情，只点点头。

"进来进来。"她向我招呼让我进去。

我听话地跟她进了只有工作人员才能进入的柜台里。

她说："我是你幼儿园的老师啊！"脸上露着亲切的笑容，看见我好像看见了宝宝。

她说："以后你要借书看书就来找我。"

我很听话地以后每次到图书馆借书看书都去找她，每次她都直接把我领进书库。

"看吧看吧，爱看什么尽管看。"

从此我再也不用拥挤在人丛中不知所措了。

我安心地借书读书，这是我最美好的日子。

中学毕业后，我参了军。

"投笔从戎"的日子里，我依然与书为伴。

机缘巧合下，我结识了一位老兵，这位老兵与中山图书馆的一位管理员是同学，他见我爱读书，竟委托他的同学为我办理了一张中山图书馆的借书证。

这实在令我受宠若惊！

老兵写了一张字条给我，让我拿着这张字条自己去接洽。

老兵的同学刚大学毕业，在中山图书馆一边做管理员一边做学问，见了我，接过字条看了看，就帮我把借书证办下来了。

借书证上贴的照片是我当士兵时的照片。现在，这张借书证我还保留着。

借书证上戳着几个年检验证的日期，第一个年检日期是1986年11月，也就是说一年前的1985年11月我取得了这个证，那时我刚刚来到军队几个月。

中山图书馆的借书规则与融水县图书馆的借书规则大不相同。它虽然也规定一次能借两本书，但规定每一种类别能借两本书，而不像融水县图书馆那样一次总共能够借两本书。

按照《中国图书馆分类法》，图书馆的图书分类一共二十二个大类，这么说来如果每个类我都借两本书，去一趟图书馆，一次居然就能同时借到四十四本书。

吓了我一跳。

不过，我没必要一次借四十四本书。在所有二十二类书中我所涉阅的书类有：1. 哲学、宗教；2. 军事；3. 文化、科学；4. 文学；5. 艺术；6. 历史、地理。偶尔兼有其他，其实主要是军事和文学。我不敢那么贪婪，我喜滋滋地一般一次借回的书在十本左右，大约一个月读完。

在军队四五年，书从来也没有离开过我。中山图书馆为我读书提供了极大的方便。

我不仅保留了借书证，而且连部分借书登记卡我都保留了下来了。

这些借书登记卡里写有如下书目：

军事的有：《新谍报学》《军事心理学与教育学原理》《心理战》《现代战略论》《盖世太保史》《党卫队》《墨索里尼其

人》《勃列日涅夫回忆录》《斗争之路：俾斯麦传》《拿破仑传》《从土伦到滑铁卢》等。

文学的有：《百年孤独》《忏悔录》《傲慢与偏见》《猎人笔记》《歌德自传》《马丁·伊登》《一个世纪儿的忏悔》《马背上的水手》《失乐园》《红与黑》《九三年》等。

哲学宗教的有：《西方哲学史》《马恩全集（1—16）》《小逻辑》等。

这些书单对我弥足珍贵。

可是我的阅读基本也是水过鸭背，并没有给我的人生带来决定性的根本性的显然的影响。它既没有使我成为某一方面的专家，也没有帮助我获取什么功名利禄。

我那时读书很纯粹，就是一个喜欢读书的读者、书痴，我沉迷于书中，为书里的快乐而快乐，为书里的悲伤而悲伤，除此再没其他。

什么样的读者才是一个真正的读者？是为读书的快乐而读的人才是真正的读者，还是学以致用、为某种目的而读的人才是真正的读者？我回答不出。不过做像我这样的一个书痴读者，也有天然的美好，也值得怀念。

2021 年 10 月 3—4 日

155

客　居

　　很多时候我总有一种客居的感觉，比如在部队，比如在硫酸厂，比如更早以前在融水中学，甚至在我父母的家我竟然也曾有一种客居的感觉。

　　很多的时候，我总是怯生生地面对这个世界，我总是感觉这个世界不是属于我的。我生存于这些环境：军队、工厂、学校，以至家里，我总是和所有这些环境以及环境里的所有人隔膜着，间离着，疏远着，无法亲近，更不可能亲昵。我总是仿佛身在客中，和这个世界保持着无法逾越的距离，彼此相向而立，我既不能融入它们，它们也不能融入我。有时我觉得这样也很好，我能独立，我很独立。可是这样想完，接着就感到悲哀，立即会有一种哀寂笼罩在心头，因此甚至悄悄地流下泪来。

　　这使我的内心时刻体验着一些灰色的情绪：尴尬，懊丧，胆怯，生分，甚而灰心。

　　我常常羡慕身边的人：战友们、同事们、同学们，他们每个人都是把他们所处在的环境当作自己人生的主场，而跃跃欲试，而龙腾虎跃，而当仁不让，而义不容辞。

在融水中学的时候，我总是以放逐自己的方式，表达我内心对环境的怯懦。只要有可能，我总是选择远离老师、同学，只存在于自己的内心，或者只愿意融入大自然里。

我们学校地处郊外，远离市镇，有大片的森林。这大片的森林很长时期就是我肉身的避难地、灵魂的庇护所。我一次一次地只身进入这片森林，在这里寻找孤独，投身孤独，去倾听内心的声音，也去倾听大自然的声音。那时候只有来自大自然的声音才能让我感到些许惬意，才能让我感觉到我可能与这个置身的世界同体，合二为一。我成为它，它成为我，不可分离，不分彼此。大自然让我情愿放弃自身的独立。可是人不是大自然中的人，是社会中的人，我只可以短暂地在这里蜷身，更多的时候还得回到社会。这更加强了我客居的感觉。

在硫酸厂，我总是恍若置身梦境。不单是在硫酸厂，在部队，在许多地方，我都感觉我是不该来的，不应置入的。可是我却来了，置入了。这让我内心时刻体验到尴尬、无措、茫然。

现实的生活总是让我感觉不现实，恍如梦中。我无法抓握，最主要的还不是无法抓握而是觉得没有权利没有资格去获取和抓握。我所在的，我所获得的，都不是我的，不该是我的，是人家的。有种歉然让我退缩，让我疏离，使我感觉身在客中。

只有幼年在上海的生活，在上海的家我才感到我不是客，是主，是这个家的一分子，是这个家许多主人中的一

个。当卡卡说这个家不是我的家时，我对他的言论感到好奇怪啊，感到完全是天方夜谭。我理直气壮地讥笑他的这个说法。这个家怎么可能不是我的家呢？我融入其中，情不自禁。我在这个家里想怎样就怎样，想自己是什么就是什么。

这是我和社会唯一融汇的时期，不分彼此的时期，你中有我、我中有你的时期。此后，我，渐渐把自己从社会中疏离出来，有时是无意识的，更多时候是有意识的。我越来越愿意，越来越希望，与社会相向而立，你看着我，我看着你，分出彼此。同时，这又使我深感悲寂。

2021 年 9 月 9 日

在上海的幼年时光

　　我仅仅十个月大就被父母送到上海，当母亲这样告诉我的时候，我总是觉得这是个不可思议的事儿，感觉像一个不真实的梦幻。怎么可能呢？当我刚刚能够断奶的时候，就被父母安排离开了他们，被送到了上海。我觉得这是很残酷很残忍的。

　　不管是真是假，我脑海里所有记忆的起点、原点确实是上海。如今在我脑海中那最初的记忆是一罐奶粉，摆在高高的橱柜上，我被小舅舅怂恿着去拿，然后我们一块儿偷食着这罐奶粉。那时我三岁。记忆是如此清晰，像放电影一样，历历在目。再往前就一片混沌，什么也没有了，什么也记不起了。

　　为什么呢？为什么这样？为什么是三岁？

　　为此，我特意去网上查了相关知识。原来是有道理的，人一般从三岁开始有记忆，怪不得三岁会是我记忆的起点和原点。

　　而我记忆的起点和原点便是上海。

母亲告诉我，我十个月大就被送到了上海，看来应该是真的，尽管我不太愿意相信。

我是父亲母亲最初的儿女，也是最后的儿女，独生子。

这在二十世纪六十年代，甚至七十年代也是罕见的。

那时，我曾非常盼望非常渴望我能像别的孩子那样，有哥哥姐姐弟弟妹妹。人家的家庭里哥哥姐姐弟弟妹妹成群结队时，他们吵吵闹闹时，总是无比地吸引我，让我充满羡慕，甚至忌妒。

我们在安陆的时候邻居是覃常和梁川，一对亲姐妹，当她们吵架的时候我总是去帮腔，不是帮覃常就是帮梁川，我置身其中感到其乐无穷。

很多时候我希望成为她们中的一分子，如我所愿，我的父亲和母亲不断地要到外地出差，我就不断地被托养在覃常梁川家，和她俩共一桌吃饭，同一床睡觉。我们在床上打闹疯狂，我们也做游戏。最常做的游戏就是玩过家家，我扮爸爸，覃常和梁川分别扮妈妈和女儿。那时我们应该是六七岁，或者我还要大一些。其时很多时候我设想过并盼望我们真能成一家。好像覃常梁川的爸爸妈妈和我的爸爸妈妈也有这种希望，希望我将来长大了能娶两姐妹中的一个，大人们甚至半开玩笑地问过我："喜欢谁？"当时，这个问题让我好羞涩好为难好费思量。我认真地想了，想来想去拿不定主意，觉得覃常有覃常的好，梁川有梁川的可爱。童年就在这种犹豫中蹉跎了。

如果说我童年大多时候是孤独的，是看着别人成群结队的孤独，那我的幼年应该是并不孤独的。在上海的大家庭里我也有着成群结队的家庭成员，甚至比任何一家的家庭成员都多，光是我的同辈就有卡卡表哥、静静表妹、军军、鸣鸣、娟娟、宝宝、黛黛、凯凯、圆圆等等，几乎掰着手指数不过来。和我最亲密的同我睡一屋的是卡卡和静静。我完全享有众多姊妹的情谊和快乐。

可是当我孤独一人来到安陲的时候，我仍然羡慕人家，而忘记了我是有众多兄弟姐妹的。这是人类血脉在我身上置入的一个秘密。

而和我最亲密的长辈是菊丽孃孃。我刚来到上海的时候，以整夜整夜地啼哭表示抗议。为了安抚慰藉我，菊丽孃孃整整夜地把我背在她的背上，以求得我的安睡。后来我养成了只有在她背上才会睡去的习惯，一旦离开就惊惶地放声大哭。长大后，大人们偶尔对我提起，我总是感到无比羞惭，又感觉与菊丽孃孃有着一种神秘的连接、联通。每当想起菊丽孃孃，我就有一种想起慈母的感觉，心无比柔软。读三四年级的时候，老师对我们讲马克思的故事，说马克思每天在大英图书馆固定座位发奋读书，把脚下的地板都踩出凹印了。我就想，菊丽孃孃那时每夜在客厅里，背着我绕着客厅的八仙桌一圈又一圈地游走，是不是也把客厅的地板踩出一圈凹痕来了。

2021 年 9 月 15 日

听听那冷雨

    我曾经很喜欢一些人写的散文，比如林清玄的《可以预约的雪》，比如三毛的《哭泣的骆驼》，再比如余光中的《记忆像铁轨一样长》。有一次读到余光中的《我的四个假想敌》，简直笑抽。他把幽默和豁达放进生活里面，生活就充满了睿智。不过现在，我觉得林清玄和余光中的文字太讲究，太唯美了。

    以前我总以为美的就是好的，甚至以为美即好是绝对的。现在我不这么认为了。美得太讲究，太唯美，美就会变得乏味。

    余光中的《听听那冷雨》曾经那么打动我：

        雨天的屋瓦，浮漾湿湿的流光，灰而温柔，迎光则微明，背光则幽黯，对于视觉，是一种低沉的安慰。至于雨敲在鳞鳞千瓣的瓦上，由远而近，轻轻重重轻轻，夹着一股股的细流沿瓦槽与屋檐潺潺泻下，各种敲击音与滑音密织成网，谁的千指百指在按摩耳轮。"下雨了"，温柔的灰美人来了，她冰冰的纤手在屋顶拂弄着无数的黑键啊灰键，把晌午一下子奏成了黄昏。

读着这样唯美的文字令我迷醉，我曾仰脸向天，想看看那打在屋瓦上的雨，想象着那打在屋瓦上的雨，是一种怎样动听的乐音，是怎样一些"灰美人"。嘈嘈切切，大珠小珠落玉盘。

但是我现在更喜欢世俗的平俗的文字，它不渲染不讲究，充满的是人间的烟火味、烟火气，踏踏实实，读着能使人安心，让人变得平和坦然。

我们在五原路上住着的石库门，几栋房屋也都由屋瓦所盖，黑瓦白墙淹没在弄堂深处，同四周别无二致。没有特色就会显示出一种总体的特色。远远地看去，你找不着它，却找着了上海别致的特点与文化，就有了深味。所以一个人被淹没并不是可悲的，淹没是一种力量，它淹没了你，同时也显示了你。

上海的雨和台北的雨是不是有一点相似，我不知道。在安陲，最先我们住的是木皮屋，雨打屋顶发出仿佛是打在树木上的声音，低沉，入肉，有一种腻声，模糊，缠夹不清。二十世纪七十年代初的安陲，除了公社建有一栋三层楼房，是瓦屋，再也没有瓦屋了，而水泥钢筋浇注的平顶屋更是一处也没有。那时候我对落雨怕得要死，每次要落雨了总是忧心忡忡，祈祷雨不要落得太大，从来也没有像余光中那样充满诗意地去听听那冷雨。雨落得大了，外面下大雨我们家里

就要下小雨。在屋里滴滴答答滴下的雨像我落下的泪，我和爸爸妈妈手忙脚乱地连忙用各种盆儿罐儿承接着，凳子上放一个，床铺上放几个，桌子上也放几个。那些年我是多么害怕听到那阵阵的冷雨啊，它哗哗地洒落下来总是抽打着我的心，成为我的噩梦。不过很多年后我读到了余光中的《听听那冷雨》，还是很喜欢，很欣赏。人的境遇不同，可是情感还是可以相通的，对美的向往还是可以一脉相承的。荷尔德林在贫病交加居无定所时仍然写作诗歌并广为流传，他这样写道："人，诗意地栖居在大地上。"指出了人类内心的某种所望和执着，并不由于环境的恶劣、遭际的困顿有所改变，依然应诗意地面向生活。

上海的瓦屋连片而拥挤，我曾经说过它们像一些水墨画，但是缺少一点空灵，需要画家来解决。我的朋友吴倩住在江南乡下，他曾邀过我去寻访他的家乡。村庄不大，散落着几处瓦屋，他因此写过一篇散文叫《瓦屋听雨》。其中"荒村听雨"之语我极喜欢，遂也跟着写了一篇《自然三章》，其中第一章，即名"瓦屋听雨"。文章写道："瓦屋的滴雨之声是自然叩击人类心房的一种提示和倾诉，它带着磁性的沙沙声，它带着灵动的清音，时而像情人娓娓的呢喃低语，时而像得道高僧念动的禅经忏言，以一种淡然清悦的气息，成为倾听者的魅惑，并与它合入相同的神妙，使心灵触摸和理解到一种永恒的蕴含。"写罢犹自笑。现在读来觉得言辞也是太过讲究和唯美了。当我们通过内心阅读并审视自然的时候，可能我们都要下意识地用一些唯美的词汇来描写自然和心境，在自然面前我们不能不用尽溢美之词。

人是一个孤独者，由于有思想和情感尤感孤独。人和人彼此勾连正是因为孤独。孤独是人自立的条件，也是彼此靠近的因缘。从某种意义上说，人只有孤独时才成为人。当人孤独的时候，除了会走向内心，更会走向自然。而这时，雨总是成了对人的抚慰。

上海不像安陲。在安陲，屋漏偏逢连夜雨，屋外下大雨，屋内下小雨。在上海，不管屋外下的是滴滴答答的小雨，还是乒乒乓乓的倾盆大雨，屋里的人都不会被雨水惊动。外祖母甚至好像都不知道都没有听到屋外的滴雨之声，她端坐在八仙桌前，手握着一粒麻将"啪"地把它打出来。小舅舅会微笑着说："姆妈打得好。"这是一张死牌，对谁也没用，外祖母不动声色地回以微笑。也许只有我听到了外面的雨，"唰，唰""哗，哗"，我没有一丝惊慌，反而感到一种特别的安谧、温馨。上海的家在这样的氛围里，给人一种绝对的安全感，庇护我，我差不多都快要忘记了在安陲的冷雨苦雨，以及所经受的惊吓。

2021 年 9 月 19—21 日

可以预约的雪

　　我总是在心里预约着雪，我的母亲也一样，她常常抬头看着天说：雪就要下了。

　　果然，像约好的那样，雪一会儿就飘飘扬扬，下了起来。

　　先是细细的，然后是密密的。这就是鹅毛大雪了。

　　母亲和我更是喜悦，我们各人拿出伞，撑开来，彼此望望对方，一齐朝雪中走去。

　　母亲一直很像一个小孩，她的笑很纯净，没有心机。在单位，她除了医术，做其他事常常显得很幼稚，但人们总是谅解她，体谅她。

　　在安陲，她是名人，不管是在公社还是在村庄，她认识的人不多，但没有不认识她的人。她穿着白大褂去到村庄巡诊，刚一进村，村里的孩童便呼啦全跑出来迎接她，把她接住了，一路从村头嚷到村尾：上海的雪飘来了。人们爱叫她"雪医生"。

　　对于这些村庄，母亲像是它们能够预约的雪，给它们带来祥瑞。的确，母亲像一片雪一样在村庄四处飘洒，看病问诊，开方使药，药到病除。像预约而来的瑞雪清洁了大地，村庄一派祥和。

村庄里的安详给我们家带来了一种意外，那就是丰盈：家里几乎无时无刻不堆放着村民们送给母亲送给我们家的各种蔬菜瓜果。

但是只要母亲见了总是委婉地拒收。

村民们就在夜深人静的时候偷偷跑来，悄悄把一把菜一篮果放在我们家门口，转身一溜烟跑走了。

第二天我们开门看到这些裹着露水的礼物，母亲的眼里都要盈着泪。

没来到这个离上海几千里的闭塞山区前，她很担心碰到的是愚昧和野蛮。真正来到了安陲，她发现碰到的都是关心爱护，是真挚的情感。山民也可能有愚昧和野蛮，但更多的是真心、真情和善良。

在上海，没有人叫母亲"雪医生"，他们把她叫作"吴家姑娘"："吴家姑娘，回家探亲了？"母亲一边牵着我的手走一边笑盈盈答："是，是。""噫，小图都这么大了。"他们突然发现了我，摸着我的头惊奇地说。母亲依然笑盈盈地答："是，是。"

在上海，母亲总是很忙，大多时候她早出晚归，采购各种各样的东西，大到医疗器械，小到针头线脑。

购买下的医疗器械是卫生所领导交代完成的任务，购买下的针头线脑是左邻右舍托付要买的东西。

其实这些针头线脑，大家上县里甚至公社供销社都能买

到，但是人们一定要托付母亲从上海带回，他们只信上海的东西，说上海的好。

母亲笑眯眯地有求必应。大家认同上海，自然也是认同她，她自己甘愿累些操心些也不会拒绝。

每次离开上海的时候，她总是大包小包，东西多得拿不过来。可是，再多的东西最后还是统统拿回了安陲，摆到了乡亲们面前。

我在上海最喜欢看到的就是雪，我母亲也喜欢看雪，因此她几乎都是选择在冬天回到上海。上海的冬天灰蒙蒙的，不像安陲的冬天。安陲的冬天清冽、纯净，站在山上可以一望无际。在安陲的冬天，当雪飘飘洒洒落下来的时候是一种自然同自然的相逢，是一种自然与自然的碰撞。雪落在树上，石头上，河水上，雪块儿砸在泥地上，洞窟里，或者一个鸟巢中，落地有声，都是天籁。在上海，雪落在屋瓦上，水泥地上，人行道上，行驶的汽车上，与安陲完全不同，是一种自然与人工的相逢，相撞。当千年的霜雪自天而降，迎候它们的不是它们千年来熟知的大自然的生态，而是人工的设施，不知是否吃惊、惊诧、迷惑、不知所措。

当雪要下未下之时，我和母亲的内心总是充满喜悦，充满渴望，充满等待的激动。母亲会喃喃自语，像是在向雪下邀约。而雪总是没让我们失望，总是如约而至。当它们纷纷扬扬到来的时候，我和母亲各自撑起一把油纸伞，满怀欢喜地向雪中走去，走在弄堂的小巷。戴望舒写江南有："撑着油纸伞，独自 / 彷徨在悠长、悠长 / 又寂寥的雨巷。"他希望在这江南的雨巷中遭遇一个丁香般的女子，有着"丁香一样的颜色/丁香一样的芬芳/丁香一样的忧愁……一个丁香一样的/结着愁怨的姑娘"，很多时候我就想我的母亲应该就是这样一个姑娘。可是母亲常常并不忧愁，并不愁怨，即使她从上海到了安陲，她虽然也有泪，可很多时候总是笑盈盈的，像一个由上海降临到安陲的天使。我想，安陲的很多人正是这么以为的，所以他们把母亲称作"雪医生"。不过，我觉得母亲更像一片雪，纯净，透明，冰清玉洁，了无心机，一眼可以看透。

母亲每次要离开安陲，都有众多的人前来送别。村民们总是生怕母亲这一走就不再回来了，都叮咛："雪医生，你一定要回来哟。"还要加一句："一定要按时回来哟。"母亲笑盈盈地握紧一只只下意识伸过来的手，频频点头答应："一定，一定!"这时，父亲会打趣着开玩笑说："她拿着大家这么多钱回上海给大家买东西呢，能不回来吗?"大家听了好像得了邀约，纷纷放下心地笑了。

上海下雪的天是灰蒙蒙的，但是当雪下起来以后，天就干净了，纯净了，这时就有点像安陲的天、安陲的雪了。我们走在小巷，听雪打在油纸伞上的沙沙声。伞慢慢变得沉重起来，母亲和我会同时把伞一抖一旋，伞上积着的雪便纷纷被我们抖落。伞一下轻松了，人也一下轻松了。好像不只是从伞上抖落下雪，更是从心里抖下了某种东西。

八年以后，母亲还是离开了安陲，我们一家还是离开了安陲。我们走的时候天上正纷纷扬扬飘着雪，来送我们的人像雪片一样挤满了已经空荡荡的屋。村民们都说："还来看我们哟。""要来看我们哟。"我也期望着，我相信我们一定会

回来。许多人都流下了泪，包括我的母亲。

　　如果说，雪总是可以预约的，人却不可以总能预约。我的母亲也想着有一天要应约回到安陲，可是，现在，她长眠在了地下，像雪化于地，永远也不可践约了。不知道安陲的乡亲是否偶尔还会想念她，是否还会说"上海的雪飘来了"。

2021 年 9 月 22—23 日

去电影院看电影

馨良姑父在部队学的是舞蹈，是部队一名专业舞蹈演员，在一次排练中不慎受伤致残。

腿残疾了，再也跳不得舞了，只好退役回到地方。

退役后被分配到上海市文化部门工作，他最喜欢的是看电影。

他一直住在北京东路607弄6号。浦东经开发后成了投资居住热门的地方，黛黛表妹在浦东买了房子，请他去住，他拒绝了："我哪儿也不去，就住在北京东路607弄6号。"

北京东路607弄6号的房子是二十世纪二三十年代建的，不仅又黑又暗，而且还在二楼，每次进出都要走一道窄窄的仅能容一人的木梯，梯子特别陡，人走在楼梯上总像要向后仰跌，实在不适合像姑父这样腿有残疾的人居住和行走。可是他却一直固执地一定要住在北京东路607弄6号，哪儿也不去。

黛黛非常不解，多次劝说，总是无果。

直到现在，馨良姑父已近八十高龄，还是住在北京东

171

路 607 弄 6 号。有一回，对于为什么不肯搬迁离开北京东路 607 弄 6 号，去住浦东的非常方便人出入的电梯房，他悄悄对我说："小囡，侬知道吗，从这里走两步，我就可以走到电影院去看电影啦。去浦东哪有这么方便？而且，"他笑眯眯地得意地从口袋里掏出一本他们单位发的特别证件，在我面前晃晃，像小孩一般有点得意忘形，"阿拉拿这本证，在北京路去哪家电影院看电影，都不花钱。"

我听了，也笑了，附和着频频点头肯定。

这点头，一是表示他说得对，支持；二是表示知道了这个秘密，一定会替他做好保密工作，决不向他的女儿黛黛、儿子凯凯通风报信。

我们的馨良姑父这才放心地依然笑眯眯地朝口袋里放好了他的神秘证件。

我们小时候馨良姑父总带我们去看电影，去的人是五个：馨良姑父、美丽孃孃、黛黛表妹、凯凯表弟，还有我。我们走出北京东路 607 弄 6 号，然后在北京东路上拐入一个弄堂，再走一二百米就到一家电影院了。

弄堂笔直，明亮，明快，不像我们外祖父家住的乌鲁木齐中路 261 弄，道路曲折，迷离，阴霾。

我喜欢在这个笔直的弄堂里奔跑，跑出离他们很远，然后回过头来，站在那里耐心地等他们慢慢走近。

黛黛和凯凯虽然年纪比我小些，可是他们从来都是规规矩矩，像两个懂事的小大人亦步亦趋跟随着馨良姑父和美丽孃孃。有时我觉得他们一点都不好玩，有时我又自惭形秽暗责自己怎么不跟他们学着点。

弄堂的两边都是砌着的高耸的山墙，路上总是人迹稀少。这使我感到很奇怪：上海哪里不是人满为患，人头攒动呀，却居然有这样一条人迹罕至的弄堂！

走出弄堂口，拐弯就到了电影院，立马就人头攒动，人声喧哗了。

在二十世纪的七十年代，看电影总是件令人渴望、激动、按捺不住心情的事情。一到电影院，或者甚至可以说还未到电影院，我的心思就全放在电影上了，哪还顾得了其他！

姑父带我们去看电影的电影院都是周边的电影院，都是一些小电影院，应该是他们单位属下的电影院。

我们去看电影大都是在吃过中午饭后。当吃饱了喝足了，馨良姑父拍拍吃得撑住了的肚子，说："走，看电影去。"等美丽孃孃收拾好了，我们便浩浩荡荡出发了。

以至每次电影看完了，走出电影院眯着眼抬头看到天上竟是阳光灿烂，我都要犯迷糊，不知道今夕何夕，感觉晨昏颠倒了。

每回看电影都是这样。

在我的感觉里看完电影走出电影院，天上应该星光灿烂，可事实上却总是阳光灿烂，让我头脑转不过弯来，觉得不可思议。要想好久，头脑才转得过来：哦，现在是下午可不是夜晚呀！

小舅舅带我去看电影的电影院在南京路上，叫大光明电影院，这是一家非常著名的老字号电影院。从五原路出发，走到乌鲁木齐中路搭49路车，来到南京西路的人民广场，

然后再走些路就到了。

人民广场旁就住着大姨父和大姨妈，还有娟娟姐姐同宝宝姐姐。虽然大光明电影院就近在他们身旁，可是他们从来也没带我去看过电影，甚至很少从家里出来。但是大姨妈很宠爱我们，也即很宠爱我和卡卡，我们每次去大姨妈家，临告辞时大姨妈都要给我们每人一块钱让我们路上花。因为这一块钱，大姨妈家成为我和卡卡心向往之的地方。

大姨妈他们虽然平常都不出门，但也有一回例外。那回应该是 1975 年的国庆，上海市政府为了欢度国庆决定在人民广场施放烟花礼炮。

我的妈妈知道了，一早就带我来到了大姨妈家要让我能看上烟花礼炮。

吃过晚饭后，大姨父、大姨妈、娟娟、宝宝、我的妈妈和我，就来到了广场指定的位置坐下静静等待。

广场周围这时已全部封闭，准出不准进，由民警看守着。

我等呀等呀，由天亮等到了天黑，还没等来期待中施放的烟花礼炮。在人山人海里干坐着实在无聊，我便起来走走。

大姨妈和我妈妈都叮嘱我："别乱跑。"我答应了。

可是走着走着就越走越远了，我急得东撞西撞，到处乱钻，希望有一个缝隙能让我钻回去。可根本挤不进去，急得我突然坐在地上放声大哭起来。

正在我抽抽搭搭不知该如何是好时，焦急寻找我的大姨妈和妈妈闻声而来。

刚回到坐处坐下，烟花和礼炮就"呼呼呼，嗵嗵嗵"地燃放起来。

只见夜空下烟花灿烂，灿如夏花，礼炮震天，地动山摇。

众人一齐站起来激动地齐声欢呼。

小舅舅带我到大光明电影院看的第一场电影我现在还记忆犹新，那是一部宽银幕立体电影，叫《魔术师的奇遇》。

进电影院前，在门口工作人员给每位观众分发一副眼镜，眼镜片是茶黑色的。戴着眼镜看黑暗的剧院就更黑暗了，我不明白戴这个干什么。

我抬头看看小舅舅，小舅舅并不看我，他一手拿着眼镜，一手牵着我匆匆走着。

进了电影院刚坐下电影就要开场了。开场前，影院工作人员提醒大家把眼镜都戴好，并预做解释：戴着眼镜看电影时看到一个东西飞来要砸着你那是假的，大家不必惊慌。

我看小舅舅戴上了眼镜，我跟着学也戴上了眼镜。

电影开演了，一列火车从画面飞奔出来，碾轧着我的头颈轰隆轰隆呼啸而过，惊得我头皮发麻。我听到随着呼啸的火车声，周围响起一片惊呼。

这就是立体电影呀，电影里的画面真实得就像在眼前。

有时我看着电影，本能地伸出手来捕捉画面里的人和物，想摸到捉到。可一摸摸了个空，一捉也捉了个空，不觉好笑。然后摘下眼镜看电影，发现一切却很平常。可是一旦戴上眼镜一切瞬间变神奇了，就像置身其中了，真是神了！

还有一个画面也让观众惊奇，只见魔术师把钓竿一甩一

提，就从我们眼前钓上了一条鱼。鱼在鱼钩上，活蹦乱跳地在眼前晃啊晃，好多观众情不自禁伸出手来捕捉，一捉捉了个空，引来阵阵笑声。

我希望小舅舅能经常带我到大光明电影院来看立体电影，那是多么新奇有趣啊！可是小舅舅只带我看了这次就再也没带我来了。

悦丽孃孃和鸿丽孃孃也带我去看过电影。看电影的地方大概也是在南京路附近，都是在晚上。看完电影出来，会走过一处春卷店，悦丽孃孃和鸿丽孃孃总笑着说："吃春卷去。"然后走进春卷店，坐下，一人来一盘小春卷，蘸着山西老陈醋吃。

这些与看电影有关的记忆一直让我难以忘怀。

2021 年 8 月 15 日

上海植物园

从我们家住的五原路出发，走出常熟路，在常熟路乘824路公交车，约一个半小时后，就到上海植物园了。

大人们经常组织去植物园一日游。在植物园里，我总是落寞而多欢。我喜欢一个人孤寂地走，喜欢一个人边走边看植物园里植物的绿的静的美。风吹草动，鸟语花香，心生欢喜。

在安陲，抬头见山，低头见树见花见草，但不管是树还是花和草，都与上海植物园的树、花、草不相同。

上海植物园的树、花、草自有风度，自有着与山野不同的气质。它们雍容华贵，风姿绰约，有一种待字闺中的沉静。它们不恣肆，不张扬。它们内敛，克制，隐忍。开出的花中规中矩，长出的草也是在该长的地方长，该生的地方生。就像孔子说的不逾矩，但是又不像孔子那样要到七十岁了才知道不逾矩。它们先知先觉从一生下来就知道不逾矩。它们纪律严明，动作规范，克己复礼。树有参天大树，也有冠如草丛的小树。不管是顶天立地的大树，还是荫庇于大树

下的小树，一律都脱净了山野的张狂气息，温文尔雅，彬彬有礼，像一个在路旁站立让行的儒雅公子，拱着手道："小生这厢有礼了！"它们总像在亲切地迎接着客人的主人，微笑着，微微昂着头，轻轻朝还在远处的你招着手，呼唤你前来。有朋自远方来不亦乐乎！当然，有时看着它们过于规整了，难免也心生对它们的不满和憾意。过分的自律、过度的修饰，也就成了一种缺陷、一个缺点。但不管是怎样的缺陷、缺点，都瑕不掩瑜，我对它们的喜欢远多过批评指责。

其实在植物园里的植物，不管是树、花，还是草，从一开始就注定是一种被修饰与约束的过程，也是结果。它们就似一篇文章一样，如何立意，如何结构，如何开篇，如何结尾，早就有了规定的程式、定数，一板一眼，一举一动，一招一式，都朝着凤头豹尾而去。一种不事雕琢的事物是美，一种专事雕琢后的事物也有着美。自然的美和雕琢的美，在我们的生活中各美其美。

去上海植物园从来不是一个人去，而是一大家子去。这是一种仪式。

我们去上海植物园由外祖母带队。她蹒跚着一双小脚，支着悦丽孃孃或者鸿丽孃孃的手，一步一摇地走着，脸上的笑如菊花般绽放，正与植物园相匹敌相对应，互相交辉，相映成趣。

我经常凝望外祖母沟壑纵横的脸。我并不是要去读懂它，而是仅限于喜欢这么凝望，浅浅地凝望。

我喜欢看她的笑，她几乎从不大声地笑。她的笑大多是无声的，不管脸上绽放着怎样笑的花朵，漾着怎样笑的波浪，多是无声的、沉默的、静寂的。

很多年后我才感觉到这是来自岁月深处的笑，有某种知足，更有对这种知足后的节制。

原来我的外祖母也是植物园里的一棵树、一朵花、一茎草。连笑也那么相似。

而我的父亲就有点张扬，每次他的胸前都挂着一台相机。

我曾经设想过，如果把他胸前的相机拿走，是不是这点张扬就不见了。

但是一挂上这台相机，人就显得分外张扬。

每次去上海植物园，父亲总张扬地在胸前挂上相机，在我们身边跑前跑后，捕捉并定格大家的身影。许多游人都用羡慕的眼光注目而视。

在上海的家里，大家特别喜欢照相，平常照，聚会时更要照，尤以悦丽孃孃为甚。

照前还要描眉画唇，敷粉施黛，这在我的《客厅》一文里有详细描写。

这些记忆是如此美好。

我平常非但不喜照相，而且简直是厌恶照相。

没有什么理由，就是厌恶。

但是在上海植物园，我却主动照了一张相。这张相片现在还在我的抽屉里放着，不但放着，前不久为了以防丢失我还特意用扫描仪翻拍了，把它变成电子底片存放在我电脑的文件夹里。

那张照片里，我穿着红 T 恤，戴着墨镜，用手扶靠在仿

古的扇形画窗后，半个身子从窗后露出来。我的手肘半靠着窗棂，面容沉静，颔首，似笑非笑，似思非思。我留着小分头，一个装模作样的奶油小生形象，好在还不算忸怩作态。

这张照片应该是我十四五岁照的。那件红T恤由蚕丝织就，是小舅舅的珍爱，却被我毫不容情，伸手夺爱，穿在了自己身上。我那时候经常顺手牵羊，夺取我看上眼的小舅舅的任何东西。小舅舅总是傻呵呵笑着，看我把他的东西"劫"为己有。现在才知道那时候小舅舅竟是十分地宠着我，爱着我。回忆让人知道什么是爱。

我曾经渴望能看遍植物园里所有的植物，更渴望能叫出植物园里所有植物的名字。

我非常欣喜于植物园给予我认识植物非常好的引导。在植物园，每一株植物上都挂有牌子，牌子上都写明植物的名称、秉性、好恶。

植物园的管理者像对待一个人一样对待每一株植物。

每一株植物都像一个人一样显露着自己的喜怒哀乐。

而植物园的管理者们不仅尊重每株植物的性情，还把它们介绍出来，让前来浏览的游客知悉，一同关心，一并爱护。

在植物园里漫游时，我总爱走上前去，细细地看各种植物上悬挂着的牌子，一边默念，一边暗暗让自己牢记。

不仅那时，即便现在，我也总感到我们对身外之物认识得太少，知道得太少。我总觉得我应该并且需要更多地认识这个大千世界。

而我又焦急于寻不到认识世界的路径。

植物园让我找到了通向并知晓这个大千世界的一条路途，这令我非常欢喜。

我如饥似渴地读着这些植物：菩提树、银杏、胡杨，积雪草、爬山虎、合果芋，春羽、龟背竹、陆地棉……

我每到一处公园，都要去读植物。开始的时候我很失望，那些公园并不像植物园会把每株植物都用一块牌牌标写出来。我只好努力地辨认，在记忆里搜寻我看到的每种植物的名字。

后来，我惊喜地发现，不知什么时候起每座公园里也像植物园那样，给每株植物都挂上了标牌。上海是这样，广州是这样，柳州也是这样，全国各地都是这样，这让我喜不自胜。

2021 年 7 月 24 日

西郊公园

　　在二十世纪七十年代的上海，我们虽然过的完全是一种世俗的小市民生活，谈不上多姿多彩，但现在回首，发现也还算有姿有彩。新华书店、电影院、体育馆、植物园、动物园都留下了我们生活的轨迹和印记。我的外祖父、小舅舅、悦丽孃孃，我的母亲都多次带我来到上海动物园，也即西郊公园。如果说上海植物园让我沉静，那西郊公园却叫我兴奋。我在西郊公园像变了一个人，我拍手，我欢呼，我嬉闹。我兴奋地指着一只熊猫或者一群猴子大喊大叫，变成人来疯。

　　那时的上海动物园肯定没有今天这么漂亮、这么丰盈、这么繁华，却也使我小小的心容纳不下，包容不了。我在这里面，心被塞得满满的，每一回都过得那么充实、那么欢快、那么幸福。

　　每次去西郊公园，几乎都能看到我们的朋友来访。他们带着憨厚的笑容，挥着手同我打招呼："小朋友，中国。"他们都迅速学会了用中国话表达，招呼完朝我们竖竖大拇指。

有时候，他们还会把糖和巧克力分发给我们。糖是我们中国上海造的，巧克力也是我们中国上海产的，他们只为了及时表达对我们中国的友好和爱。

在上海动物园这一方小小的园地里，我感受到了全世界的气息。

这些回忆，一经再次被记起，就变得更温馨、可意，充满了柔情与爱意。我爱自然，爱人类！

2021 年 7 月 22 日

对着梧桐树哭泣

我对着一棵梧桐树嘤嘤哭泣。那是因为这棵梧桐树看上去要死了，或者已经死了。这不禁让我悲从中来，我双手抱着这棵梧桐树越哭越伤心。

卡卡见了，也走来同我一起抱着梧桐树哭。

好多大人从我们身边走过。他们用眼睛瞪着我们，感到莫名其妙。

只见这棵梧桐树，除了枯枝，再也没有长出一片新绿，身材干枯，黝黑，在风中除了残败，已经没有其他表情。

这是一棵长在我们家弄堂口上的梧桐树。在它活着时，我们经常攀爬到它身上。

在夏天，我喜欢爬到上面喊风："风啊……"一喊，风就起来了。卡卡见了，也攀爬而上，站在树上喊："风啊……"可是他的喊声没我大，风没听见，就没有起来。这令卡卡很沮丧，他再喊，还是没把风喊来，却将小舅舅喊来了。

小舅舅大踏步走来，笑嘻嘻站在树下看我们。

他教卡卡把两只手拢在嘴上，说这样朝天喊，风就会被喊来了。

卡卡听从了小舅舅的教诲，卷起手掌拢在嘴边，在腹中深深吸了一口气，可是刚张开嘴喊出声来，只见脚下树枝一颤，便把他整个人抖跌了。好在小舅舅眼疾手快在树下伸出双手将他接住，不然肯定摔个狗啃泥。

小舅舅放下他，也爬上树，站在树丫上双手卷着放在嘴边朝天大喊："风啊……"

他的喊声浑厚恢宏，一喊出口风就被猛烈地喊来了。只见风从平地席卷而来，刮得飞沙走石，让我们睁不开眼。小舅舅眯缝着他的小眼睛，呵呵地乐。

也是在夏天，我把我从安陲学来的招法用在了这棵梧桐树上。

每当夏至，蝉声在梧桐树上唱起时，我就拿一根蚊帐竿，在上面系一只网兜，用来兜蝉。

可惜这里不是安陲。

要是在安陲，还有一种更好的捉蝉方法，就是剥来黏黏树的树皮，放在石头上捣，直到捣成黏黏的糊糊，把它捏到竹竿头，拿去粘蝉，一粘一个准，非常妙。

上海没有这种树。要是这里是安陲就好啦，我可以把这个妙法教给卡卡，那一定会让卡卡觉得更好玩了。

不过，用网兜也可以尽兴。

卡卡比我高大，他拿着蚊帐竿，我做他的副手，跟在他身边，在梧桐树下寻找蝉。

蝉是个肆无忌惮的家伙，或者说蝉是个高傲、傲慢的家伙，目中无人，就算我们近到树边站到树下了，它依然旁若无人地高歌不止，"知了……知了……"一声接一声。它

185

的聒噪让悦丽嬢嬢烦，她常常对我们说："你们都不准学它啊！"我的外祖父却不烦，静静地听着反而像是在享受，脸上微微地露着笑。

秋天的时候我在梧桐树下捡梧桐叶，试图拿来做书签，可是梧桐叶有点大，实在不适合。

卡卡也捡来梧桐叶，把它们用线串起来，拿到我们睡的阁楼里，挂在小窗格上。它成了一道风景，我们每天看。

起初，叶子是青的，慢慢变黄了，最后变成褐色，收藏了岁月的风霜，冬天就到了。

静静也喜欢这么做，窗格上经常挂满了他们捡来的梧桐树叶。风吹过，沙沙有声。雨飘来，滴滴有声。

我长大了在融水中学读书，读到周紫芝的"梧桐叶上三更雨，叶叶声声是别离"，便想到了卡卡和静静挂在上海五原路窗格上的梧桐叶，一种别离之情浮上心头。

"听我把春水叫寒，看我把绿叶催黄，谁道秋下一心愁，烟波林野意幽幽。花落红花落红，红了枫红了枫，展翅任翔双羽雁，我这薄衣过得残冬……"

可是这棵梧桐树看上去要死了，或者已经死了。我和卡卡抱着梧桐树痛哭。走过的大人都用眼睛瞪着我们，他们觉得莫名其妙。

长大以后，我再也没有抱着任何一棵死去的树哭了。这让我觉得我真的长大了。

也许真的再没有任何一个长大了的人会对一棵死去的树哭泣了。

2021 年 8 月 8—10 日

在天井里洗冷水澡

我在七八岁时就决定一生都要洗冷水澡。

我把洗冷水澡看作一种生活方式，更是磨砺自己的一种手段。

那时候我乐此不疲，每天都洗，就像我在十二岁时决定每天都要写日记一样。

可是这两件事如今我都没有能坚持下来。

日记大概在写到三十岁的时候便戛然而止了。洗冷水澡好像也是在这个时候，在我生了一场大病后，也戛然而止了。

是因病不得不戛然而止。

洗冷水澡曾经是一件多么快乐的事！

最快乐的时候是在融水苗族自治县人民医院的时候。那时的我十六七岁，正是处在青春年华，有着旺盛蓬勃的生命力。每天晚上，我和何山、张融等一帮医院的子弟，拎着装有换洗衣服的锑桶来到医院的公共水龙头一块儿洗冷水澡。在冬天，朔风席地卷来，吹得门窗瑟瑟发抖，我们在自来水

龙头下接满了一桶水，拎起来，哗地朝自己只穿着一条短裤头的身上迎头倒下。那时的我们，无畏，无惧，就算偶有小病，比如感冒、发烧什么的，也都坚持洗冷水澡，并且发觉什么都能挺过来。

十八岁的时候，我参军来到了军队。我们的部队驻扎在广州，没想到洗澡的时候并没有暖水提供，得洗冷水澡。

这让我一阵惊喜，觉得这是生活对自己的一种迎合。

原来生活也会迎合人，奉承人，讨好人。

而我的许多战友，特别是来自北方的战友就不这么看。他们非常畏惧冷水，见了冷水简直战战兢兢、如履薄冰，却又无可奈何，小心翼翼地试着冷水。

他们那种畏缩的样子看得我哈哈大笑。

我们来自南方的战士洗澡的时候三下两下脱了衣服，把水龙头扭开，哗哗地就在水龙头下冲澡了。

广州的冬天并不十分寒冷，比起广西来，简直算是温暖如春了。

我在广西安陲的时候每年都要遭遇雪，而在广州从来也没见过雪，广州的气温相比广西高了很多。在这样的暖冬，洗个冷水澡更是不在话下。

后来，我们的连长看不过去，更怕北方的战士被冻病了，赶忙从防化连调来了暖水车，很及时地为北方战士解决了洗澡问题。

而我却觉得非常遗憾。

上海的冬天和安陲的冬天有点相似，每年的雪都会如期而至。当雪纷纷飘扬的时候，便是我要去水龙头下洗冷水澡的时候。

水龙头在天井里，处在东屋和南屋的夹角地带。

那时候，在二十世纪七十年代，就算在上海这样现代化程度较高的都市，都还不是每家每户都安装有自来水水龙头。这虽然给居家生活带来不便，却使我心生欢喜，因为这样我就可以在露天里就着水龙头洗冷水澡了。

听说我要在寒冷的飘着雪花的冬天，在天井的水龙头下洗冷水澡了，我的家人纷纷从各自的房间里出来，然后把水龙头围了一圈，连平常老死不相往来的邻居都好奇地来凑热闹，等待看我在寒冬里怎样洗冷水澡。

领头的自然是悦丽孃孃。

有些人，凡事都喜欢领个头，发个号令，悦丽孃孃就是这种人。我要在雪地里洗冷水澡了，她不但不阻止，还好像有点心怀叵测地鼓励我，撺掇我，并大声吆喝着让大家快来看我洗冷水澡："乒乒乒，大家快来看啊，罗海要洗冷水澡了啊!"

我的外祖母却有一点担心，她对悦丽孃孃说："洗出病来怎好?"

"没事没事，"悦丽孃孃安慰她，"小孩屁股三把火，冻不着。"

外祖父则面无表情，沉默不语。

我的母亲笑呵呵的，但看得出来笑得有点勉强，藏着担心，但露出要面子的心思。

小舅舅是什么事都要搭把手的人。他呵呵笑着，为我把锑桶、毛巾等一干物品准备好，依次排开，放在水龙头旁。

我有些得意，脱光了身子，先是在身子上一点一点擦拭冷水，等把皮肤擦拭热了，再拿雪花继续擦拭。

冷和热都是很奇怪的东西，在冰天雪地里，用冷水擦拭身子，不仅不冷反而会把皮肤慢慢擦得温热了，这使我不理解。这时候再用冷水冲澡，不仅不冷，还会感到身子在冷水的刺激下舒坦、惬意，身体内滚动着热流，仿佛身体里的五经六脉被打通了，意念随着水顺着肌肤的流动而自如地热烈地游走着，皮肤的毛孔像花朵在一朵朵盛放。

悦丽嬢嬢们一边看着我洗澡，一边指手画脚地朝我身上指指点点，脸上露出惊叹、激赏、佩服等表情，让我更加得意。

这时，我觉得我不是在洗澡，而是在表演洗澡了。

一种事物在某种情形下，会异化成另一种事物。当一种事物异化成另一种事物的时候，比如当洗澡变成表演的时候，我恍然感觉我已经不是我了。

大家并不总热衷看我在天井的自来水龙头下洗澡。很快，他们便都失去了兴趣，散了，再也不关注了。

在天井的自来水龙头下洗澡就成了我自己一个人的事情，再也不是这个四合院里的公共事件了。

它顿时安谧、宁静，不再张扬，更没有掺和任何表演性，只关乎我自己。

回到了本来面目，也就回到了本真。那些被附加的东西都去掉了，那些被额外加持的东西都遮蔽了，一切突然仿佛就都黯淡无光了。许多的事物也许本来就是这样的：平淡，黯然。可是一旦被关注，就可能像是附着了魔性而忽然熠熠生辉，有了光芒。

　　从此，我经常一个人在无人的寒冷的天井里洗冷水澡，把它当作我个人生活中一件很自然而然的事情。

2021 年 7 月 22 日

淮海中路

有一些熟得不能再熟的地方，回忆起来却显得如此陌生，比如淮海中路。这是让我百思不得其解的事。这不由得令我想到一些人，有一些人也是熟得不能再熟，可是你始终会感到非常陌生，在你见他的时候陌生，在你回想他的时候更陌生。原来我们对一些事物一些人是否熟识、熟知，并不以你同他（它）们的交往多少来衡量和认定。那么，是以什么来衡量和认定呢？一想到这个问题，就感觉有点复杂，不好回答了。

淮海中路是我们出行的要道，是我们与外部世界连接的咽喉。不管我们要去哪里，基本都是走到淮海中路，站在淮海中路上遥望公共汽车，然后搭乘上去，从这里去往上海的各个地方：大姨妈家、美丽孃孃家，南京路、外滩，等等。淮海中路像是我们生活中的一个过道，"借过，借过"。我们走在淮海中路上，不过是借道。

我们在淮海中路上最常乘的是 26 路无轨电车。

26 路无轨电车有长长的两节车厢，中间用胶皮连接。连接处也不空旷，相向安置着两张香蕉椅。

我和卡卡乘 26 路，目标总是定在香蕉椅上。

一上车，我们就急忙用两只小手分开众人，朝前挤呀挤呀，拼命挤向香蕉椅，让跟不上我们的大人们在后面急，生怕我们因此走丢。

可是我们完全不理睬大人们焦急的招呼声和大声的告诫声，义无反顾地挤向香蕉椅。

其实我们每次挤到香蕉椅从来也坐不上。早已人满为患的公交车上，哪里还有能让我们坐到香蕉椅上的机会？

可我们明知道这样，还是要挤。坐不上我们也要挤，也要挤到香蕉椅边上，直到站到了香蕉椅前，并且伸出手来扶住了香蕉椅，我们才罢休，好像才终于心安了，一摇一摆地站在那里。

这真奇怪啊！

尽管一摇一摆，卡卡却站得很牢，而我总是会趔趔趄趄站不住，最后总得到坐在香蕉椅上陌生大人的搂抱。

大人们会笑眯眯地招呼我坐到他们大腿上，亲密地搂抱着我，还和我喁喁闲话，样子亲近。现在想来，我那时应该也还招人喜爱吧。

我喜欢听 26 路无轨电车起步时的呜呜声。带发动机的公交车起步时是一种轰鸣声，还发出一阵汽油燃烧的气味。无轨电车不同，起步时没有气味，发出的是一种低沉的呜呜声，像某种西洋乐器发出的低低的带着磁性的音乐声，很动听。

我还喜欢看 26 路无轨电车头顶上的一根翘辫。它黑黑

的，细细的，朝天撑着，非常怪异。每一种怪异都天然地吸引小孩。

车行走在淮海中路上，从车窗里往外看去，像翻动着一页一页的小人书。

行驶的时候是翻书，停站的时候是阅书。

车窗外的梧桐树、路人、商店是我阅读的内容。透过车窗看去，总感觉有一种怪异，它们奇怪地变得不仅陌生，而且有隔膜，仿佛来自另一个世界。特别是在黄昏里的夕照下，金黄而柔和的阳光从西边照射下来，梧桐树、路人、商店都被夕照染上了一层温暖的色彩，像一幅来自异域的油画：陌生、奇特、神秘、温和而炫目。

有一次，一大家子人——外祖父、外祖母、大姨妈、我妈妈、惠丽嬢嬢、美丽嬢嬢、悦丽嬢嬢、鸿丽嬢嬢、菊丽嬢嬢、大舅娘、小舅娘齐聚首。这一聚首使她们突然发现她们这一辈的女人们居然都聚齐了，便兴致勃勃一块儿商议要照一张相。

我以为她们又要在客厅里摆开架势照相了，拍着手欢喜地等待，却忽然见她们风一样簇拥着我外祖母出了门。

我和卡卡连忙像跟尾狗一样也跟了去。

路上听她们叽叽呱呱说着话，才明白她们簇拥出门原来是要去淮海中路上的照相馆照相呢。

当时我妈妈在广西工作，惠丽嬢嬢在新疆工作，菊丽嬢嬢好像是在青海还是安徽，大舅娘在西安，分散在祖国各地，事先并没有约定，却居然齐聚首了，真是天意，让人怎么不欢喜！怎么不应该合影留念定格下这难得的一天一瞬呢！可是以往要照相如果是在家里，就在客厅自己拿相机照，这次大概是觉得意义非凡，要正规些，更要有仪式感，便一齐跑到照相馆照了。

淮海中路上的照相馆的门并不大，比普通居家门略大一些，玻璃推门，但是门脸不小。除了门，更多的地方被辟作了橱窗，里面布展着大大小小的各种照片。我们推开门一拥而进，都没有看橱窗里的照片。

照相馆里头的摄影室非常大，空空旷旷，我们十多个人进去，瞬间被很大的影室吞没了。

摄影师指指点点安排大家或坐或站。卡卡也半羞涩地跑上前去，被悦丽孃孃驱逐："去，去，去，一边儿去！"卡卡便又羞涩地跑了回来。

我伸出手指刮着鼻子羞他，弄得他更不好意思了。他涩涩地笑，两只酒窝傻傻地显豁在圆圆的脸上，显得很可爱。

照相时，灯光打得雪亮，大家笑得灿烂。

后来，这张照片也成了照相馆的样片，用相框套着放在橱窗里展示。我妈妈带我经过，总要停下来面带笑靥静静地欣赏几分钟，眼光闪烁，若有所思。

照片里，我外祖母居中端坐着，两旁和前后一字排开着她的女儿媳妇们，每个人都面带微笑。

在淮海中路上，除了照相馆，最吸引我的自然是新华书店。淮海中路上的新华书店不像南京路上的书店那么宏大气派，也不像福州路上的那些书店更专业，更有个性和特色，它不过是一个区域性的小书店。也许是因为它小，虽然它离我们家近在咫尺，外祖父却从来也没有带我去过，大概是不

屑于领我进去吧。外祖父每次买书给我，一定都是在南京路上那些大书店。这原因，我猜，一种可能是他在过去的生活里进惯了这些大地方大场面，所以一去一定就自然而然要去这种大地方；一种可能是他觉得只有进大书店才能为我买上他想要买给我的书吧。可以说，那些年全国各地出版的小人书，他几乎都买全买齐给我了。刚刚开始是一摞一摞地买，后来是一本一本地买。

我最幸福的时刻就是拿到外祖父买给我的书的时候。

在上海时，外祖父买了书给我，往往将书往我怀里一送，也不说话。

我伸出双手接了，同样不说话，内心却无比激动、兴奋。待外祖父把书交给我走了，我就坐下来翻读，如痴如醉。

那个时候，知我者莫如外祖父了。而像外祖父这样对我好的人，当然还有众多的亲人们。

我在安陲的时候，外祖父为我买好了书，就积攒成一箱寄给我。

在安陲收到外祖父寄来给我的书，不仅仅是幸福，还成为一种炫耀：向安陲的小朋友们炫耀。当炫耀也成了生活的一项内容时一切都变得十分美好，像生活在高光中。

外祖父没带我去淮海中路上的新华书店，不意味着我就没去过。我常常一个人走出五原路，踏进淮海中路，来到这家新华书店，悄无声息地溜进去。

服务员很多时候不以我的存在为意，基本上都是当我不存在。有时候她们也会判断错误，当她们看到我渴望的眼神，这里瞧瞧那里望望时，认为我可能会买上一两本书，就会热情地招呼我："小朋友，可看中了哪本书呀？"

是的，我看中的不止是一本，而是很多很多本，可是我不名一文，看中了也没有用啊！

每当服务员这么问我时，我就紧张并且羞涩得马上转身跑出书店去了。

而且这一跑要好久好久好多好多天才再敢悄悄地不引人特别是不引服务员注意地溜进来。内心非常忐忑，有种做贼心虚的心境。

相比之下，在安陲的新华书店是多么不同呀！新华书店里的服务员是覃勤的妈妈，覃勤的妈妈是我妈妈的好朋友，覃勤是我的同学。我俩下学了总是一块儿去新华书店。我们不仅到了新华书店的柜台前面，覃勤妈妈嫌我们碍事，还要求我们待在柜台里面。我们进到柜台里面，爱拿什么书就拿什么书，爱看什么书就看什么书，然后在柜台的某个角落席地而坐，津津有味地翻读起书来，仿佛新华书店是自己家开的一样。

可惜的是，安陲新华书店的书非常少，翻来覆去也就那几本。就算有新书到来，很快也会被一抢而空。

如果淮海中路上的新华书店也有一位像覃勤妈妈这样的熟人可就太好了。

说来还非常有意思，在安陲，一些大哥哥大姐姐听说新华书店又要到新书了，居然会走我和覃勤的后门，恳求我们到时为他们留书。

我俩被这样嘱托时，感觉自己原来也很重要啊，是个人

物了，还能帮人做事啊，于是郑重地满口答应，并且也真的为他们做到了。

可惜那时候的安陲新华书店能进到新书的时候不多，这样的机会便很少。不像现在，书多得买不完读不完，可是买书读书的人少了许多。结果，安陲的新华书店在不久前只得关张了。世界真是奇怪啊，你渴望什么的时候却没有什么，你不再渴望的时候却应有尽有了。

淮海中路上的新华书店还在开张着吗？或者也像安陲的新华书店一样，不得不关张了？许多年没回上海，不知道了。我担忧，却不好意思向上海的亲人们打听。谁会关心呀！

2021 年 9 月 6—7 日

49 路

　　十年前，我写过 49 路。那时，我认为那是我写得最好的文字，写出来时我甚至还有点沾沾自喜。一篇作品由自己创作出来，能够令我喜不自禁，这是头次。同时我也第一次感受到了写作的愉悦，感觉叙写出来的文字如行云如流水，有一种要飞起来的飘飘然，真是美妙无比！原来写作是可以使人享受的。很多人说，写作者是一位苦行僧，写作是一种苦行，我以为是。但当我在写《49 路》的时候，才发觉并不总是——写作也是快乐的。由此，我十分希望以后每次写作都会是一次愉快的旅行、一次从内心生出的快乐体验。

　　在上海，什么时候人心最齐？挤公交时人心最齐。在上海，什么时候人心最好？挤公交的时候人心最好。

　　但是在上海，我最害怕的还是乘坐公交车。上海人坐公交，不叫"乘"，而叫"挤"：挤公交。非常形象，非常准确，非常生动，非常鲜明。公交车来了，每一辆都是满满的，非挤而不能上。不但你要努力地奋力挤上去，人家还会在后面帮助着挤你，用力把你挤进去。在挤公交上，每个上

海人都是好心人，他排在后面上不了车不要紧，把你挤上去了，他就心安了，好像完成了一项任务、一个使命。然后等待下一辆车，等待别人也把自己挤上车。不仅这样，公交车上的司乘人员也总是鼓励大家"挤一挤，挤一挤"，只要还有能挤上一个人的空间，司机就不会开车，司机就觉得有责任等待着在这个空间里再塞进去一个乘客，就像往满满的罐头盒里再努力塞进去一条沙丁鱼。然后门艰难地夹着最后一个上车乘客的脊背，在售票员伸出手来帮助着推门的情况下，终于关上了，司机才满意地慢慢把车开动。好多时候，我总是不由得担心背靠着车门的乘客会不会把门挤坏而跌落下车。但这种担心似乎是多余的，一次也没有发生过。这真是奇迹！

我不止一次看到外地人来上海，在乘上海公交的时候，被挤哭了。我的同学张伟就是这样。他被我带到上海，挤公交的时候被挤得在车上哇哇大哭。好多上海人看到了，都露出十分同情的表情。他们用怜悯的眼神看着我这位被挤得哇哇大哭的可怜的同学。挨得最近的，还尽力要腾一腾，想腾出哪怕多一点点空间给他，可是发现做不到。实在已是人挨着人，人挤着人，动弹不了，只好歉意地摇摇头，表示爱莫能助，无可奈何。

在上海，我虽然不喜欢挤公交，却喜欢乘一种叫有轨电车的公交，有事没事我就会坐上去，从起点乘到终点，再从终点乘到起点。司机有时候发现了，扭头来笑眯眯地看着我。我被发现了，不好意思地羞涩地望着他笑，然后低低头，不知所措，又舍不得下车，真是好难为情啊！我一直想不通，上海所有的公交全是挤得满满当当，只有有轨电车不挤，显得空落落。真是一辆令人意外的公交！好像它就是在专门等待着我来体验上海的某种风情。我喜欢听有轨电车开动时敲出的"叮当叮当"声，我对这种声音充满好奇，好多次我都在寻觅这种声音是从哪里发出的。有时，我就是为了这种寻觅才专门乘坐有轨电车。可是遗憾的是，我始终找不到发出声音的地方。而我也不明白有轨电车为什么要发出这种声音，有时我甚至想：它是为了使自己像一部童话吗？在如今的一些影视剧里，拍旧上海的时候，一定要拍到有轨电车，我看到了就莞尔。看来有轨电车作为上海的一种意象，已成为表现旧上海的一个元素、一种道具。

在所有的公交中，我最害怕乘坐的应该就是49路了。可是我又不得不坐，它好像是去大姨妈家最快捷的公交。大人们带我们去大姨妈家，见49路一来，连想都不想，便拉着我挤上去了。我害怕乘坐49路，有三个原因：一是49路是红色的，太炫目，我看了就晕。二是49路只有短短的一节，不像上海其他我们常乘坐的好多公交车，比如最常乘的26路，都是长长的两节，甚至三节。这就使得它空间更加狭小，也让我容易犯晕。三是49路不是电车而是烧汽油的汽油车，整个车厢里任何时候都弥漫着令人窒息的汽油味。一直以来我总是容易晕车，大概就是坐49路坐出来的，是早年乘49路留下的后遗症。

我在十年前写的《49路》现在就让我附在下面吧：

49路

红色的那辆，就是49路。所有的公交车都是

冷色的，蓝色，或者青色，只有49路，是暖色，最热烈的颜色，红红的，像一团火。49路来了，卡卡说上不上？我没有犹豫，上。我率先，卡卡随后。我们就挤了上去。

我喜欢乘那种长长的由两节车厢连接在一块儿的公共汽车，从前门上，走后门下，要经过漫长的行走。这简直是个奇迹，一节车厢也会有漫长的道路可以走，需要走。你穿过人丛，用两手分开他们，好像永远也走不到尽头，突然，前面就敞亮着了车门。你匆匆下车了，还不知道自己是怎么走完需要你走的路的，回头看着长长的车身正缓缓从你身边移动而过，你却不动，你才确信你真是把你该走的路走完了，你已经不是这辆车上的乘客，你已经下了车了。

我还喜欢乘那种叮叮当当慢慢驶来的有轨电车，它像是一个来自异国的童话，充满了神秘与神奇。叮当叮当，慢条斯理，像一个白胡子老人迷人的叙说。这个声音让我寻觅了好久，我不知道这诱人的悦耳之声，是从哪里发出的。

49路只有短短的车身，不管是从前门上，还是从后门下，你好像都是从同一个门上下。这让我不喜欢。最主要的是，我看见49路，我看见那种红颜色，想到将要被它吞食，就头晕，就反胃想吐。可是我别无选择，我和卡卡必须乘49路，唯有49路能够把我们从我们住着的淮海路送到黄浦江边的大姨妈家。

卡卡是我表哥，他在陕西的西安，我在广西的柳州，但是为了一个共同的目标，我们走到一块儿来了。这个目标就是我们的父母都认为我们必须在上海长大，他们的人生是从上海开始的，而我们，无疑也应该从上海开始。这样我被送到了上海外婆家，他被送到了上海奶奶家。这个被我叫作"外婆"、被卡卡叫作"奶奶"的人，不是不同的两个人，而是同一个人。也就是说虽然我们来自天南地北，我是南方人，他是北方人，因为被同一个人抚养，我们就注定住在同一个屋檐下，有时还盖着同一床被子了。

因此，我们也注定要一块儿乘49路。我们从来也不单独乘49路，这受到两个条件的制约：第一，我们必须结伴去大姨妈家，因为两个人去，比一个人去，有更多的信心；第二，我们必须逃票乘车去大姨妈家，因为我们口袋里没有钱，这就更注定我们必须两个人同行。一个人肯定要害怕的，至少是我，一个人从来不敢逃票。和卡卡在一块儿，就不同了，我就敢逃票了。不是因为卡卡比我胆子大，而是因为他比我胆更小。由于他比我胆更小，我得做出榜样，所以我就敢逃票了。每次上车总是我先上。有一次我上了车了，忽然发现卡卡没有上来，可把我吓死了。在大冷的天里，我被吓得出了满身汗。售票员不停走来走去，唤声也不停，提醒

乘客，买票啦买票啦。她每次走过我的身边，每唤一声，我就感觉到我身上像被一挺威力巨大的机枪扫中，身子战战兢兢的，有千万只细胞在光荣牺牲。她手上握着五分的票、七分的票、一毛的票，其中任何一张这时若能握在我手上，我细胞的大量宝贵性命肯定就可以得到拯救。可是没有办法，奇迹不会发生。这时我情愿出一毛钱买五分的票，多出那五分钱，算是对自己的惩罚，虽然肯定会让我事后心痛不已，但我也甘心了，总比如此胆战心惊生怕被揪个现行好啊。可是我口袋里没钱，一分钱也没有。我若是口袋里有钱，才不会乘你这该死的49路受罪。只要有点钱，我就会和卡卡，还有静静（静静是以同一理由从新疆来的表妹），买上一根三分钱或五分钱的冰棒在弄堂里大啖。哪怕是在雪天，我们都会吸着丝丝的凉气，吮得有滋有味。嚼冰棒是我们共同的爱好。这共同的爱好使我们有时结为联合战线，有时又不讲团结，只愿意分裂。

我们去大姨妈家的目的，是因为知道在那里一般每人可以得到一块钱，而两个人去得到钱的可能性会双倍加大，因为大姨妈喜欢人家去看她，去的人越多她越高兴。人高兴起来就变得格外大方。

有一次我们也是没有钱了，但是想到要逃票乘49路，实在胆怯，再也拿不出勇气。最后卡卡咬咬牙，说，去我外婆家。他需要咬牙才能决定去他外婆家，是因为即使到了他外婆家，我们能不能得到一块钱，也还难说。不过我们还是一致认为有必要去碰碰运气，尤其是我甚至还比较乐观。

他外婆家离我外婆家不远，可以走路去。我们就走路去了。

我们进了屋，卡卡外婆家的人都对我们点头微笑致意。我们心怀鬼胎，回以点头、微笑、致意的同时，就拿眼睛瞟着，度量着，看看，是这一位还是那一位，在我们这次拜访结束后，会站起身来，在叮嘱我们回去路上小心时，会殷殷地从口袋里掏出钱包，从钱包里掏出钱，每人给一块算作盘缠。在我眼里，我看哪位都像要对我们掏钱包的样子，我想也许他们都会争先恐后，抢着叮嘱我们，然后抢着给我们盘缠吧。这么想着，我心里就乐开了花，急切等待拜会的结束。可是拜会结束，我们走出了门，来的时候是什么样，去的时候还是什么样。

路上，我问卡卡，我们来这里是为了干吗？卡卡回答，是为了一块钱。那我们得到一块钱了吗？没有！卡卡这么应了，感觉到我很生气。我很生气的时候，后果可能会很严重。所以经过这次以后，没钱了，我们就算是在家里淘废品卖牙膏皮，卡卡也再不敢逞强说，去我外婆家了。

我们只好一门心思想着如何乘49路，去到能满足我们无限希望的大姨妈家。因此我们乘49路时，开动脑筋想了很多逃票的办法，其中一个办法

最简单最行之有效，总是百试不爽，那就是口中念念有词：下定决心，不怕牺牲，排除万难，去争取胜利。效果果真很好，售票员阿姨每见我们喃喃有声，就会拍拍我们的脑袋一笑，忘了向我们售票，或者给了我们票，也忘了伸手向我们要钱。有时她终于记起来了，会和蔼地拍拍我们，客客气气说，小朋友，请跟你爸爸妈妈来乘车，好吗？我们也客客气气答，好好好。边回答着，边很有风度地转身下了车。

不过，我们一点儿也不失望，一点儿也不灰心，没能乘上这辆车，还有下一辆，还有下下一辆呢！我们明白，对于少年的我们，总有无数的机会，让我们搭乘下一辆，再下一辆。

2021 年 7 月 10 日

恩　奶

　　不管是作为孙辈的卡卡，还是作为外孙辈的我，大人们一律教我们叫我的外祖母、卡卡的祖母"恩奶"。内外无别，亲疏不究，不论是孙辈、外孙辈，从称谓上开始便一碗水端平，统统是同一个叫法。以至好长时间我都分不清"孙"和"外孙"有什么区别，没看出卡卡和我在这个家里的身份有什么不同。大人们对待我和卡卡从来没有内外之别、亲疏之分，没有因为卡卡是孙，而对卡卡多亲一分。没有因为我是外孙，而对我有疏离。反而我总觉得我在上海的家里比卡卡更受宠，更得到爱怜。比如外祖父总是私带我逛公园。那时候，我认为卡卡就没有得到过这个待遇。现在，我自然不这么认为了。那时候，我还小，眼界不宽，知道的不多，现在想来外祖父自然不仅独自带我逛公园，也独自带卡卡或其他晚辈分别去逛公园了。这才像这个家庭一家之长的行事风格，这才像外祖父的处事个性。在这个大家庭里，我感受到的从来都是同样的亲情、同样的情愫、同样的温情。

　　在我姑妈家里，我姑妈就做不到这样。她对她的儿女不

单是家里人，连外人一眼都看出有亲疏之分：两个儿子得到更多宠爱，女儿受到漠视冷落。姑妈连对我和日婵表妹都亲疏分明，我得到的待遇更好，日婵表妹得到的待遇次之。日婵表妹曾公开提出抗议。可是抗议无效，姑妈仍然我行我素，漠视日婵表妹的感受，不顾因此对日婵表妹造成的伤害。而姑妈生养的女儿们虽然在家庭中得到了这样一种不公平的待遇，却没有一个提出过抗议。她们都以一种隐忍的心情接受了这种不公平不公正，长大些，懂事了，反而变本加厉全都有意无意地维护这种不公平不公正，觉得天经地义，正应该这样。我看到灵芝表姐或者蓉芝表姐对表哥表弟做出的无条件的退让，总是心有不平，有时会挺身而出打抱不平。这时，我反而会遭到两位表姐的劝说。我很不解。

可是在上海的家里，完全不是这样。我的外祖父和外祖母持家待人总是以一种平等、宽容、自由的态度，摒弃了重男轻女观念，摒弃了亲疏不同内外有别观念，是家人都一家亲。

反倒是卡卡表哥持着那种孙和外孙不同、亲疏应该有别的观念。有一回他同我吵架吵不过我，突然指着我鼻子让我出去，说这是他家，不是我家。这令我又吃惊又觉得可笑。我说这是你家也是我家。卡卡便把小舅舅叫来要他证明这是卡卡的家不是我家。我觉得小舅舅来证明正好，也让小舅舅说这是卡卡的家也是我家。小舅舅被我们拉扯着，傻傻地笑，不肯讲话，死活没当这个裁判。这令我们一同对他生气，而忘记了彼此的争执。

2021 年 8 月 13 日

外　滩

　　父亲指着一艘船说："看，看，那是一艘法国船哩！"一会儿又指着一艘船说："快看，快看，这次来了一艘英国船！"我连忙举目望去，只见一艘艘轮船高大的烟囱上冒着一会儿是黑一会儿是白的烟，正在外滩的黄浦江上驶来驶去，进进出出。它们忙忙碌碌的身影，把黄浦江翻起无数朵浪花，惊涛拍岸，卷起千堆雪。

　　每次从安陲来上海，父亲都要带我到外滩看黄浦江上的船。我们倚在外滩的护河堤上，极目而望。

　　我问父亲："你怎么知道那是哪个国家的船？"

　　我有点怀疑父亲是信口开河。我发觉很多时候大人们总是喜欢信口开河，不懂装懂。

　　父亲笑答："你看它们挂的旗子呀。挂着哪个国家的国旗，它就是哪个国家的。"

　　哦。

　　说得有理。我信服了。

　　我也开始兴趣盎然地看各种各样的船，看船上挂着的各

种各样的旗帜，努力辨认着，希望能看出这是哪个国家的船。

可惜的是，我发现我认识的国旗太少了，只能认出寥寥几个。这令我又懊恼又沮丧。

回到五原路，我告诉外祖父："今天我们去了外滩，看见了许多许多外国船。"

外祖父笑吟吟地问："囡，都有哪些国家的船呀？"

我扭捏起来，小声答："很多我都不认识哩。"

外祖父这样告诉我，让我眼睛一亮："囡，别丧气，我带你去新华书店买本书，有了这本书，你就知道哪艘船是哪个国家的了。"

外祖父牵着我的手就出了门。我们走进淮海路上的一家书店，他请服务员拿了本《世界国旗图志》给我。

回到家，我立即手不释卷地翻看起这本书。我首先翻看法国国旗，再翻看英国国旗，都和父亲说的对上号了，然后我又翻看了苏联国旗、意大利国旗……国旗们五颜六色，看得我眼花缭乱，更看得我心花怒放。

父亲再带我到外滩，我抢着说："这是一艘法国船，这是一艘英国船……"

父亲笑呵呵地，频频首肯。

我眉开眼笑，笑得全身都跳跃着得意。

小舅舅也喜欢带我到外滩。

他带我到外滩去看外滩上的人。外滩上人来人往，游人如鲫。

这是 1977 年或者 1978 年。

他在外滩上见了老外，就和人家打招呼："Hello！"或者"Good morning！"

人家老外听见了他的招呼和问候，都友好地回以："Hello！"或者："Good morning！"

然后他就结结巴巴努力和老外攀谈。

我在一边像听天书。

我感觉我仿佛不认识我的小舅舅了，他变得如此陌生，他怎么会讲起外语？

带着好奇，回到家，我在他的床上东翻西找，结果果然在他枕头下翻到了一本《英语九百句》。

这套书现在还有一本在我们的书架上摆着。

1977年或者1978年的中国多么热烈呀！多么朝气蓬勃啊！每个人都像早上八九点钟的太阳，洋溢着活力。人们努力学习，热情工作。新华书店、图书馆都挤满了渴望知识的人们。

小舅舅原来是个多么不学无术的人，在我们家里像个混世魔王，可是现在完全改变了，他好好学习，天天向上，每天拿着《英语九百句》，口中念念有词。

以前他带我去外滩，是去看年轻女孩。他甚至天真地幻想在外滩上邂逅一位女孩，开始一场浪漫之旅。

在1978年，他更多的是想在外滩能接触世界，能通过外滩这个平台与外面的世界交流、学习。不仅是在外滩，上海滩上那些知名的英语角，像人民公园、复兴公园都不乏小舅舅的身影。

2021年8月14日

第八羊毛衫厂

　　因为过去的一场大病，我曾经失忆过。那时当我从昏迷中醒来，头脑一片空白。前不久，赵杰同学从融水来柳州治病，我得以与他多次交谈。听他回忆我们早年在融水中学读书的往事，我听得如饥似渴。

　　对一个人来说，失忆不知道是一件幸事还是一件不幸的事。他自己已经成了一个空白人，一切都清零了，但是他又清楚地知道自己并没有被清零，他的过去现在都实实在在存在着，存在于除他之外的别人的脑海中。只是很可能过去的自己再也不能属于自己了。

　　多少年过去了，所幸的是许多的往事正在我的大脑里一点点地恢复。它们虽然残缺、碎片化，却也逐渐地清晰起来了，让我对过去开始有迹可循。

　　我常常努力地追寻往事，试图回忆起更多的往事。

　　很多次，我努力回忆着第八羊毛衫厂。我知道，它是曾经在我幼年存在、和我幼年相关的一个工厂。可是一切都那么模糊、零碎、不清晰，更连不成片。我便求助于网络，希望网络能给我帮助，希望在网络的帮助下我能够重拾记忆。

我上网，在网上多次试图寻找上海市第八羊毛衫厂：它在哪里？它的规模怎样？它是一个什么性质的工厂，国有还是集体？

像许多人一样，我一直认为互联网是无所不能应有尽有的，只有你想不到，没有它找不到。可是，令我万分惊讶也无比遗憾的是，当我输入"上海市第八羊毛衫厂"敲下回车键进入搜索程序后，居然找不到我渴望得到的哪怕是一些最基本的有关上海市第八羊毛衫厂的资料，比如"它在哪里？"

最后关于上海市第八羊毛衫厂更多的资料我已经不敢奢想能在网上搜得到了，我仅仅想要一个地址，我希望得到这个羊毛衫厂所处的具体位置，以便引导我打开大脑里记忆的大门，把我储藏在大脑沟回里有关第八羊毛衫厂的记忆唤醒，我就满足了。但是，一无所获。

上海市第八羊毛衫厂好像在历史的星空上消失了。难道历史也会失忆？

我遂在微信上问上海的秉秉表弟："第八羊毛衫厂在哪里？"

秉秉却答非所问："它已经不存在了。"

我知道，我说："那它原来在哪里？"

秉秉才回答："在新乐路上，44 号。"

哦，是了。

我连忙去翻地图。我找到新乐路，又找到我们家住的五原路，发现原来它们离得很近。从五原路出发，横穿过常熟路走进延庆路，沿着延庆路一直走到头，也就是三四百米的

213

路径，再横穿东湖路，便来到了新乐路。第八羊毛衫厂就在这里。

我刚想到第八羊毛衫厂的时候，我一直以为它在很远很远的地方呢，原来就近在咫尺，步行就可去了呀。如果我这时在上海，我一定立马就迈步走出门，去寻访第八羊毛衫厂的踪迹了。

那会是一些什么样的踪迹呢？人去屋空，工厂破败，芳草萋萋，杨柳依依？日暮乡关何处是，烟波江上使人愁？当然不会是这个样子。新乐路现在已是市中心地段，上海的黄金宝地之一，大概也像柳州一样，这些因工厂破产倒闭而遗留下的房屋、空地，早被改造成了繁华的商铺店面，日进斗金。一个事物被历史淘汰，怏怏而去，另一个事物在旧地平地而起，勃勃生机，兴旺发达。

从二十世纪七十年代至第八羊毛衫厂倒闭关张，我们的鸿丽嬢嬢一直在这个工厂上班工作。因了鸿丽嬢嬢，第八羊毛衫厂就和我搭上了界，与我的生活以及生命有了联系。

我和第八羊毛衫厂最先的搭界是穿上了它生产的羊毛衫。

1974年的初冬，安陲已经开始下雪了，天和地，山川与河谷，皆白茫茫一片，冷得让人打哆嗦。这时，邮电所徐阿姨给在卫生所值班的妈妈打来了电话："喂，吴医师吗，有你一件上海来的包裹快来取吧。"

妈妈在上班走不脱，我听了，扭头就跳出卫生所，三步并作两步地跑到了邮电所。

安陲邮电所在安陲卫生所的山下。

安陲公社依山而建，公社、卫生所都在半山，我读书的小学在山顶，而邮电所在山下。

我来到邮电所见了徐阿姨，她向我招招手，满脸欢喜地说："快来，快来。"好像收到包裹的不是我们而是她呢，然后有点激动地递给我，说："你妈妈娘家上海寄来的。"

包裹忒大，我抱不了，可是可以扛在肩膀上。我便把包裹扛在肩上，歪着头一摇三晃地走了。

我扛着包裹一口气走回了卫生所家里，把它放在床上。爸爸妈妈下班后我们一起打开包裹。

鼓鼓的包裹里装着的是几件羊毛衫，一件是爸爸的，一件是妈妈的，还有一件是我的。

爸爸的是蓝色的，妈妈的是红色的，我的是白色的。全都简洁、素净，什么图案也没有，什么饰配也没配，就是件清水样的羊毛衫。

妈妈兴奋地拿起我那件白羊毛衫，双手握着抖开来，对我说："快，快试试。"

我立即走上前去，脱去外衣，伸头把羊毛衫套上了身子。羊毛衫显得大了些，在我身上蓬松着，把我的屁股都包住了。

妈妈却说："合适合适，很好很好。"满脸欢喜，心满意足。

"长大点还可以穿。"爸爸听了妈妈最后这句话，频频点头表示十分赞同。

羊毛衫套在我的身上时我才发现原来还是件高领的羊毛衫呢，把我的颈脖都围住了。我顿时感到颈脖暖烘烘的，无

215

比温暖，无比舒服。

羊毛衫上的标签写着"上海市第八羊毛衫厂"的字样，在我的衣领边晃着，像一个招牌宣示着什么。

我不但从来没穿过高领衣服，我甚至都不知道这世上还有一种衣服叫高领衣服，它能这么贴心地呵护我们的颈脖呢。

"这是你鸿丽孃孃厂里生产的羊毛衫。"妈妈歪着头打趣地问我，"好不好？"

"好。"

"喜欢不喜欢？"

"喜欢。"

"那你应该做什么？"妈妈进一步诱导我。

"应该赶快给鸿丽孃孃写信表示感谢。"

"那你还待着干什么？"

我立即转身爬上书桌前的椅子，打开自来水笔，摊开信纸，开始给鸿丽孃孃写信表示感谢。

爸爸和妈妈围在我身后做指导。

感谢信我已经写过好多回了，每次收到外祖父给我寄来的书，我就要给外祖父写一封感谢信，驾轻就熟。

我唰唰唰地写着，爸爸妈妈在后边笑眯眯地看着。

我写好信了，他们还让我自己写信封，寄：上海市徐汇区新乐路 44 号上海第八羊毛衫厂吴鸿丽同志收。落款：广西柳州地区融水苗族自治县安陲公社卫生所罗海缄。

我和第八羊毛衫厂的第二回搭界应该是在 1975 年的暑假。学校放假了，我像以往一样回到了上海。有一天，鸿丽嬢嬢突然对我说："想不想跟我到厂里玩？"我答："想啊。"
她上班时，我们就一块儿上路了。

我觉得很奇怪，大人们带着我的很多时候好像都没有一
同带着我的其他表兄妹，似乎只单独带我。我们这辈，常住
外祖父家的，除了我，还有卡卡、静静，还有鸣鸣、军军，
还有彭彭，等等。可是，好多时候我总一个人被带出来。

我跟着鸿丽嬢嬢来到了第八羊毛衫厂。

鸿丽嬢嬢的同事见我到来，都来同我打趣。

我那时肯定与众不同，一半带着上海的城市气息，一半
带着安陲的山乡野味；既有着城市小孩的机灵，也有着山村
孩子的憨实，让她们一下就喜欢上了。

她们表达喜欢的方式就是不停地朝我怀里塞礼物，光是
吃的就有大白兔奶糖、苏打饼干、什锦饼干等。而我最喜欢
的是一种动物饼干，就是将形状做成猪、马、牛、羊、猴模
样的一种饼干。

我立即就欢喜地玩上了这些动物饼干，将猪、马、牛、
羊等这些不同形状的饼干分开来，一会儿想象我正在大草原
上像电影《草原英雄小姐妹》中主人公那样放牧着公社的
羊，一会儿想象我正骑着高头大马像《钢铁是怎样炼成的》
这本书中的保尔·柯察金那样英勇地挥舞着马刀冲向敌阵。

我经常陷入自己的世界而忘记了周围的世界。

我的周围什么时候已经没有人了我全然不知。

这大概让第八羊毛衫厂的阿姨们觉得很没趣很失望吧。

中午的时候，鸿丽嬢嬢让我在厂里的食堂吃中餐。

碗是白色的搪瓷碗，上面一律用大红漆印着"上海第八

羊毛衫厂"字样，鲜明、醒目。这样的搪瓷碗居然也流落到了安陲，在我们安陲的家里就有好几只，大概都是从鸿丽孃孃这里来的了。碗里装着米饭，还有糖醋排骨。

这道糖醋排骨味道好极了，令我终生不忘。

现在我还可以肯定地说那道糖醋排骨也不过是普通做法，但是它就是令我吃过不能忘。每每回忆起来，我就认为它是我吃过的最美味的一道菜。

直到现在，我还是很喜欢吃食堂，可能就是这道菜留给我的习惯。

自从吃过了这道糖醋排骨，我就对第八羊毛衫厂念念不忘了，总盼着甚至用眼睛渴望地盯着鸿丽孃孃，希望她一次又一次带我去第八羊毛衫厂，再去吃那碗糖醋排骨。

遗憾的是，鸿丽孃孃带我去了这一次第八羊毛衫厂后，就再没带我去过了。

也不知是为什么。

现在，第八羊毛衫厂已经不存在了。那些写着"上海第八羊毛衫厂"字样的搪瓷碗还在，摆放在橱柜里，也很少有人使用了。

但声音仍犹在耳。鸿丽孃孃带我进到车间，当她把车间门打开时，瞬间传来的机器轰鸣声嘈杂而刺耳，令我吃了一惊。

一排排机器塞满了车间，空中到处飞舞着纤维，人们互相讲话要靠大声吼，就算大声吼也经常被机器的轰鸣声干扰而让人听不清，只好外加用手比画。

这就是工业的气氛、工业的气息。

许多年后，我进入了硫酸厂工作。虽然工厂不同，产品不同，可是那种工业的气氛气息完全相同，一脉相承，息息相通。

2021 年 7 月 18 日

马　桶

我讨厌马桶。

我不明白为什么人要用马桶，为什么要在家里摆放马桶。我们在安陲的家里并没有马桶，也没影响生活，我们更没因缺了马桶而生活不下去。臭烘烘的马桶摆放在家里真是一件奇怪的事情！

在上海，很多时候我不使用马桶。想大便了，就走出弄堂，进到五原路菜市场，那里建有一所公厕，我总尽量在那里如厕。鸿丽孃孃知道了，总嘲笑我。"戆大（傻瓜），"她说，同时指着马桶，"不要出去，外面冷。就在这里。"我对她对我的关怀怜爱羞涩地点头应承，表示知道了。可是想大便了，我还是偷偷跑出去。鸿丽孃孃再也没有教我，不知是她没再发现，还是装作没有发现，最可能是觉得孺子不可教也懒得教了。

我在融安的小姑又有不同，她出生于农村，二十五岁前一直干着面朝黄土背朝天的农活，改革开放后，弃农经商了。我们在融安的开发区建房子，厕所是建在屋子里的，被她嘲笑，她觉得厕所怎么能建在家里呢，那不太臭不可闻了吗？她不能接受，掩口嘲笑我的父亲。

在农村，厕所大都建在后院的最里头，中间还隔着一片空旷的菜地。

二十世纪七十年代我们家在安陲卫生所的时候，父亲奉命为卫生所职工画蓝图建房子。那时他画的蓝图，厕所也是专门建在这些房子外很远的一隅。

我母亲很不习惯，可是安陲又没有马桶，她也没有办法，最后也只好将就了，久而久之由不习惯变习惯了。人很多时候的生活就是一种将就的生活，越能将就越说明一个人适应能力强，生存能力也强。

鸿丽孃孃嘲笑我明明家里有马桶，很方便，却偏要多此一举跑到外面去方便，而小姑却嘲笑父亲居然把厕所建在家里！两种不同的生活方式又造就了两种不同的思维和观念，彼此嘲笑。

但是随着社会发展和进步，人们把二者合并到一起了：一方面传统马桶被完全遗弃；另一方面在家里建厕所的配套设施得到了大大的改善。比如在厕所里建立起了完善的抽风排气系统，再也不臭气四溢了，还建起了抽水马桶，抽水马桶上还加装了恒温系统，更舒适了。如厕就是一种享受。

我小姑在城里经商发达了，便也在城里买地建了房子。我以为她一定会按农村老家的样子建房呢，不料她同我父亲商量：

"二哥，你说在房子里的哪个地方建卫生间好？"

我父亲听了一笑，但还是很认真地为她的房子画了蓝

图，帮她设计拿楼梯间的一个拐角做了卫生间，并建议在卫生间装上抽水马桶。

在楼梯间做卫生间，这个设计让小姑很满意，但父亲要在卫生间装抽水马桶没有得到小姑的同意。她小声说："坐马桶不习惯啊。"这又引来父亲一笑，父亲不再说话。父亲一笑的意思我明白，是说"且由她"。

2021 年 9 月 4—5 日

冠龙照相材料商店

　　父亲有许多的才能，有许多的奇思妙想，可惜都没用好，因此一辈子既没有功成名就，更没能大发其财。

　　有一次坐在回上海的火车上，看着两边飞驰而过的青山、绿水，他忽然对我说山里有清泉，将这些清泉开发成矿泉水产品，一定大卖。当时国内还没有一家矿泉水的生产厂家，而我甚至都不知道矿泉水是种什么水。我半信半疑地听着。后来矿泉水果然风靡全国，至今长销不衰。

　　父亲的聪明才智还表现在科技发明上。在七十年代，他能够自己组装无线电收音机。在1989年，他甚至发明了三原色放大机、彩扩机，并取得了专利，这个专利如今在网上还能查到。

　　八十年代末依然还是乡镇企业的旺盛时代，资本充足，经济活跃，很多工厂企业握着大量资金，愁的是找不到投资项目。中国科学院南京分院是我们的专利代理人，特意为我们的专利在南京召开了专利发布会。许多厂家闻讯，纷纷上门洽谈转让和生产意向，出价转让费三五十万元不等。那时

我在一家国企工作，一个月基本工资才几十元，这样一笔巨款一辈子也挣不来。我觉得可以了，让父亲签合同吧。父亲不肯，他觉得知识不能贬值，并认定他的这项专利发明远不止这个价。结果谈来谈去，一晃数年，市场已是风云变幻，资本市场疲软，好机会便错失了。这个专利发明到现在依然是纸上画饼。

一个人不可太执着，太执着、不变通，往往错失良机。可是说得容易，又有多少人能做得到呢？

在南京路上，我爱逛的地方是书店，我母亲爱逛的地方是百货商店，我父亲爱逛的地方是照相馆和摄影器材店。

每次逛南京路，父亲除了逛王开照相馆，一定还要走进冠龙照相材料商店。不管买不买东西，他总要兴趣盎然地在里面东走走、西瞧瞧。也不知看的什么瞧的什么，但乐此不疲，久久流连。

我记得那时的冠龙在门口朝马路一字排开一组玻璃柜台，里面摆放满摄影爱好者常购的产品，诸如显影药、定影药，相纸、胶卷、电池等。

有一回，父亲意外看到冠龙店里居然有 135 富士电影胶卷盘片摆卖，大喜。他同我算计：一卷 135 电影胶卷盘片长 305 米，990 元，若分装成 36 张规格的照相机用胶卷，可以分装约 180 卷，每卷成本仅是人民币约 5.5 元，真是太便宜了。那时一卷正品 36 张规格的富士胶卷零售价在 20 元至 25 元不等，批发价最少也要 10 来元。如果我们买下盘装电影胶卷，自己分装售卖，岂不很能发一笔财？

说干就干，父亲立即掏钱在冠龙买下了两盘盘片，带回广西进行分装售卖，果然小发了一笔。

可是这条发财之路父亲没有扩而大之，进行规模化经营，只是小打小闹，仅靠自己动手分装。这样的小本经营、小作坊式生产，不仅成不了气候，还很快被跟进者用规模化经营挤占了市场。

父亲脑子很好，很灵光，但执行力不行。在他人生的路上他看到过多次发财契机，最后都没有妥妥地抓住，没有把握住。起先父亲总有一丝懊丧，后来也就平和了。

人生很多时候就是这样，你努力了，也不会成功。但不成功仍要努力，这就是人生。

2021 年 8 月 19—23 日

母亲的口头禅：戆大、小猪头、摸栗子

我的母亲喜欢说一些口头禅，比如她总爱说我是"戆大"或叫我"小猪头"。

"戆大"是上海俚语，翻译成普通话就是"傻瓜"。我做一件事没做好，她就说"戆大"；我讲出了蠢话，她也说"戆大"；有时为了表示强调，她还会说"戆大得一塌糊涂"。但她对我说"戆大"的时候，虽然表明是对我不满意，却并没真生气，说话的口气里总带着怜悯怜爱，眼神柔和闪着光泽。

我听了就傻傻地笑，一般她这么说我的时候，我一定是在做一件很不可思议的事，这件我正做着的事现在回想起来让我也觉得自己很戆大。比如我经常会傻傻地一蹲半天，蹲在地上看蚂蚁们走来走去。母亲走过来问我："你在干什么？"一发现我又在看蚂蚁就轻笑说"戆大"。我还会笨拙地去捉蜻蜓，虽然没有一次成功。可笑之处就在这里，我总是锲而不舍，跟踪着一只一只飞起又停下的蜻蜓，待它们一停下来，就屏住气息，悄悄探过身去，伸出两根手指想要捏住

226

蜻蜓。每次正当我要捏住的时候，正当我感觉捏住了而惊喜不已的时候，蜻蜓总是抖抖翅膀轻轻松松地飞走了，让我知道我的想望又落了空。我对自己的这种落空并不沮丧，立即会再来一次、重来一次，好像没有止息。母亲见了就笑，笑得眼睛眯成一道缝，眼珠从这道缝里放射出闪闪的光芒，一边笑，一边说"戆大"。

很多时候我不知道母亲说我"戆大"，是在指责我还是在鼓励我。

至于她说我"小猪头"，我总感到好奇怪，难道我长得很像小猪头吗？我很认真地照过镜子，从镜子中端详自己。端详的结论是：她若把我叫作马头可能还有点像，我的长脸有点马脸的样子，叫我小猪头绝对不对，我的长相绝对与小猪头不搭界。当她再叫我"小猪头"时，我曾郑重地更正："妈妈，我不是小猪头。"母亲听了，笑翻了天。她一手捂着嘴，一手按着肚子，笑得有点喘不过气来。她会伸手指着我，对父亲说："看看你儿子，看看你儿子！"这让我觉得更加莫名其妙了：我有什么好看的！

十年前我开始长胖了，我的长脸越来越向圆脸发展，它起先变得圆润，后来变得圆滑了，再后来就变得很像一只胖胖的猪头了。我母亲的口头禅终于变现了，成真了，成了现实，我的头真长成了一只猪头。这让我想起来时常有点怪我的母亲，如果她不把我总叫作小猪头，我一定不会越长越往猪头上靠。在这里，我母亲无疑犯了一个原则性错误。如果她把我叫得好听点，我一定会长得好看点。然而母亲居然并不认为这是一个错误，反而颇为欣赏地说："胖好啊！"我的

227

同事对我越长越像猪头，从来也没有一个人表示鄙视。他们都善解人意，对我十分客气，没有一个人把我叫猪头，哪怕我长得那么像猪头。

凡一平也长得有些胖，但他对于自己的长相不像我对自己的长相那么满意、那么得意。我总说："为什么我会长得这么胖呢，并且越来越胖呢？那是因为我心宽啊。"

母亲听了有些生气，会说："给你一记摸栗子！"她只在非常非常生气的时候会升级说："辣一记大头尼光！"

"摸栗子"就是曲着手指凿脑瓜，很痛的。

我最初听到妈妈生气得要给我一记摸栗子时，想象着一记摸栗子敲击在脑瓜上的疼痛，便非常害怕。我想站起身来狂跑着逃离，但想归想，却不敢这么做。

每当我母亲生气的时候，我总是战战兢兢、规规矩矩、低眉顺眼、恭恭敬敬站在她面前听她训斥或者打骂。

母亲训斥我是常态，体罚我却很少，这让我就放心了。原来她说要"给我一记摸栗子"大多是虚张声势，多数是君子动口不动手。

后来，再听到她要"给我一记摸栗子"时，我不仅不害怕了，还觉得有趣，脸上涎着笑。母亲发觉自己的"给你一记摸栗子"无效了，起不到她期望的震慑作用了，有时也只好笑起来，"去吧，去吧，滚一边去吧！"她只好这样说。

2021 年 8 月 19 日—10 月 8 日

母亲的又一句口头禅：辣一记大头尼光

"辣一记大头尼光"是又一句上海俚语，翻译成普通话就是"给你一个大耳光"。

我觉得当我惹得母亲非常非常生气的时候，母亲的样子非常有意思非常好玩，她会咬牙切齿，双眉紧蹙，狠狠地盯着我，两只小眼睛由于愤怒眯如绿豆并射出阵阵火星，这些火星从她眼里跳出来，似乎要在我身上点燃，把我烧起熊熊火焰，直要烧到灰飞烟灭，让我化为尘埃或者一缕轻烟，顿时不见了，她才快意。不过她知道这不现实，她做不到。谁也做不到。这让她更加愤怒，只见她猛烈地挥动着手比画着打一记大耳光的样子，咬牙切齿地用上海话对我喊道："辣一记大头尼光！"手在空中挥动的样子好像真的正在给我的脸上狠狠地来一记又一记大耳光，在她的想象中确实正在一记又一记地狠抽着给我大头尼光呢。

刚开始见到母亲这样，我害怕极了，身子瑟瑟发抖，简直想立即跪下来求饶："妈，我错了。求你别打我大尼光。"我想象着假如这一记记大耳光真结结实实打下来，那我肯定

死定了，不死也要肿起半边脸变成丑八怪。我人本来就长得有点歪瓜裂枣，这样一来就更要变成妖怪了。而我虽然从小长得不怎么好看，可是内心里也一直爱着美追求着美啊！但我又是个倔强的孩子，最后我并没开口求饶。

后来我才发现，我母亲的那一记大头尼光正像"摸栗子"一样，永远只限于是一句口头禅，放飞在她的嘴巴和我的脑瓜之间，永远也不会在我的脸上落实下来。

记得有一回我捉蜜蜂玩儿，不小心被蜜蜂蜇了，蜂针蜇在我的脸蛋上，瞬间让我的脸肿成了一个大馒头，我的眼睛上下眼皮肿胀得都挤到一块儿了。我大哭。玩伴们见了都以为我是被蜜蜂蜇痛了而哭，觉得我太屄了，都表示不屑、鄙视。我想向他们解释并不是痛让我哭泣，而是难看让我哭泣，可是浮肿让我讲不出话，急得我更加大声地痛哭。这让我遭到了更多的鄙视，同学们纷纷轻蔑地抛下我走了。

这时，我的母亲来了。我的母亲居然没有可怜我痛惜我的受苦受难，不仅见死不救，反而非常生气、气愤。"辣一记大头尼光。"她对我咆哮道，用上海话嚷嚷，"谁叫你去招惹蜜蜂了，下次还敢不敢了？"

其实捉蜜蜂玩儿并不是我的主意，是陈松的主意。

在安陉，几乎哪里有蜜蜂哪里就有陈松，而哪里有陈松哪里基本也就有我。那时，我们总是形影不离。结果，陈松一次次被蜜蜂蜇。陈松被蜜蜂蜇了也是大哭。他妈妈或者爸爸来解救他时，也是咆哮着问："下次还敢不敢了？"陈松总是痛哭流涕做出痛改前非的样子拼命地点头或者摇头，又点头又摇头，很搞笑，可是说话总不算数。而我偶尔也会被蜜蜂蜇，我也像陈松一样大哭，惹得母亲一样地生气，一样地责问我："下次还敢不敢了？"还另外加码，要给我"辣一记大头尼光"。

母亲的"辣一记大头尼光"不仅是母亲的口头禅，也成了安陲的金句。谁做错了，大家会说"辣一记大头尼光"，也扬起手来作势打出大耳光，而且说得有声有色、有模有样，好像他们都成了来自上海的人，讲着上海的腔腔调调。

母亲很乐意大家跟着学，但是母亲又嗔说："学坏不学好。"

安陲人听了就笑。在安陲，所有人都喜欢母亲。母亲带着一口上海腔，穿着白大褂四处行医，他们把母亲叫作"雪医生"。母亲所到之处他们总是笑脸相迎，母亲的一举一动一言一行都引来他们的兴致、兴趣和兴味，都是他们学习的榜样。他们模仿着学习着，最后又总是学得不伦不类，总是"学坏不学好"。

母亲不仅治病医人，还教他们卫生常识，比如便后饭前洗手，比如勤洗澡多换衣。

安陲的人们恭恭敬敬地听着，但光听不太照着做。

母亲有时就很生气，她会说："你们不照着做，统统辣一记大头尼光。"然后作势挥着手。

安陲人都哄地一声笑，假装害怕了，躲着。最后都讪讪地接受着批评。

那是一些多么值得回味的日子，连生气也生气得阳光灿烂！

2021 年 6 月 15 日—10 月 9 日

你拎着菜刀干什么

　　我的妈妈总是装模作样地假装打我，而我的小舅舅就不这样了，我惹他生气了，他打我是真打，而且打得还真狠。我记得最后的那次打我是在客厅里，不知由于什么事我惹着他了，他毫不留情地狠狠揍我。把我拎起来又摔下去，把我拎起来再摔下去。一边打，还一边骂："打死你这小赤佬！"

　　我的身体被狠狠砸在木地板上，我自己几乎都听到了我身体里的骨骼被砸得咯咯响，我觉得它们可能就要被砸折了，并且正在粉碎。可是小舅舅还不罢手。

　　我虽然疼痛却并不屈服，我无比愤怒，尤其他骂我"小赤佬"让我觉得非常刺耳不中听。趁小舅舅一不留神，我翻身起来飞跑出了客厅。

　　小舅舅以为我害怕了逃跑了躲起来了，打算不理我了，我却回来了。我不仅回来了，手上还拎着一把白光闪闪的菜刀。

　　小舅舅突然发现我回来了，并且发现我手里竟拎着一把白光闪闪的菜刀，大惊，对着我一边躲一边害怕得语无伦次，说："你拎着菜刀干什么？你拎着菜刀干什么？"

我不说话，奋勇地朝他扑去。

他跑，逃。

我追。

我追得小舅舅四处乱窜。

我的几位嬢嬢见着了哈哈大笑，一齐指着小舅舅说："吴鸿宾，你也有今天。"

现在我回忆起来也直想笑，惹着我可有你好看的！但是，我拎着的这把菜刀真的会砍下来吗？我猜不透。

小舅舅几乎也从来不打我，我和小舅舅总像亲密的战友，他不是我的舅舅，我不是他的外甥，彼此好像兄弟，虽然我们年龄相差了不止十岁，却是铁杆哥们儿。

在家里我是他的盟友，当他的意见与人不合，我总是第一个站出来支持他附和他。当他要出门去外面的时候，我是他的跟尾狗，我会立即扯着他不放，要他带着我，连他恋爱我也要跟着。最后他只好妥协，让我悄悄跟着。

而如果我发觉他做错了事，我也会大声纠正他。比如他去抢了我们房子的邻居家串门，还去讨好他们，我觉得这是不应该的，太没立场了，应该同他们老死不相往来。我就在天井里大声地喊："吴鸿宾！"命令他纠正错误，赶快走出来。

小舅舅吴鸿宾就会这样讪讪地被我喊出来，他也知道自己做错了，脸色绯红。

见他改正了，出来了，我还很气愤。

那时候我像一个一本正经的小大人。

现在回想起来，这样一个一本正经的小大人，多么可笑，多么令人讨厌！

一个人做事应该与自己的年龄相称，太成熟了，像个小大人，一点也不可爱，不仅不可爱，还令人讨厌。好在随着年龄的增长，我的性格改变了不少，简直来了个翻天覆地的变化。矫枉过正，可能也不好。

小舅舅最后打我这次，以我拎着菜刀撵得他团团跑而结束。从此他再没有打过我，而我们好像也就生分了。正应了那句：打是亲，骂是爱，不打了也就不亲了。

2021 年 6 月 16 日

襄阳公园

我总是觉得我的外祖父格外地宠我，宠我比宠别的孙儿更多些。这不知是不是我的一个错觉，而事实上却是外祖父一碗水端平，对谁都宠都好。

我希望是我的错觉，几十年以后的今天，我想也许真是我的错觉。在这样一个大家庭里，长辈特别宠哪个，肯定是很不明智的，我的外祖父应该不会这么做，这会使家庭成员引发情感落差，制造不和谐。可是我却感受到了特别的宠爱，这是我外祖父呵护家庭和晚辈的成功。很可能他做到了让每一个晚辈都分别感受到了他的特别宠爱。

襄阳公园对我而言是一个很温馨的地方。每每想起襄阳公园，我的脑海里浮现的就是明媚而灿烂的阳光、绿色而细密的草地、鱼池里游弋的鱼，还有作为背景的东正教堂洁白亮堂的圆顶。一切都是明亮的、温暖的、光明的、饱满的，一切都在干净纯洁的太阳光照耀之下，令人迷离。

襄阳公园离我们家不远，大约只有一公里。我们去襄阳公园常常是在礼拜天外祖父休息的时候。这天，我和外祖父

都会起个大早，洗漱完毕，吃过泡饭，当我看到外祖父向我眨眼睛暗示，我立即便心领神会，也悄悄朝他眨眼睛回应，表示"明白"。于是我们俩像两个身负重任、执行着秘密任务的特工，以完全不引人注意的方式，在别人不知不觉中设法先后悄悄溜出屋门，在弄堂口会合。一般总是外祖父先走出来，他走出来后会焦急地在弄堂口搓着手踱来踱去不安地等我，当发现我也成功溜出来了，便欢喜地望着我得意地咧嘴笑，为彼此成功完美脱逃而兴奋。这时候他不是一个大人，是一个像我一般的小孩了。他为成功地躲过众人的耳目而沾沾自喜，样子像极了一个天真而调皮的孩子。

在弄堂口我们合兵一处后，外祖父会牵着我的手，我则蹦蹦跳跳，一块儿朝襄阳公园走去。

襄阳公园的正门在淮海中路。我们一般是从五原路出来，走向常熟路，再拐到淮海中路。其实还有一条更近的路，就是穿越弯弯曲曲的弄堂，直接走进常熟路，再到淮海中路。我们总是不走这条路。外祖父之所以没选择走这条路而宁愿多绕一些走大路，大约是为了照顾我这个没有方向感的迷糊小孩。

来到公园，门口旁有一小卖部，小卖部里除了卖书报杂志，也卖糖果面包和汽水。每到这里外祖父总要停下来，掏出钱买下一瓶汽水，还买下一个面包。买来的汽水是给我的，买下的面包是给鱼的。有时也会给我买一块光明牌冰砖，冰砖是用彩印蓝底红字的包装纸包着的，外观清新可人，打开来奶香味扑鼻。光明牌冰砖是许多上海人的美好记忆。

　　鱼在襄阳公园的池湖里，总是成群结队笨拙地在水里慢慢地游来游去。我们或站在桥上，或蹲在池边。外祖父拿着面包，把面包掰成一小块一小块，用手捏成团，丢到池里喂鱼。

　　鱼们闻香而来，团聚在我们眼前，红颜色的黄颜色的，白颜色的青颜色的，花团锦簇，煞是好看，也煞是热闹。这种热闹是无声的、静寂的，却是在无声无息之中生发着，变幻着，持续着，喧嚣着。有时也会有一声响动，那是一条鱼拨动了水面的响声。

　　外祖父面带微笑，慈眉善眼，面露祥和。

　　他这么带着我喂鱼的时候，我总要想到高尔基在他的《童年》里写下的他由他外祖父带着在郊外树林里捕鸟的情景。一切是多么相似啊！一样的祖孙俩，一样的在灿烂迷人的阳光下，一样的两个童趣未泯的一老一小。所不同的是，高尔基这时候觉得他的外祖父那么亲切、慈祥，充满对他的爱，而迷惑的是，转过背离开这个场景，他的外祖父为什么立即就会对他恶声恶气、凶神恶煞呀？高尔基总是幻想如果外祖父在其他地方也能像在一起捕鸟时这样对他慈爱有加该多好啊！我的外祖父却是在任何时候任何地方都对我慈爱有加，呵护备至！

　　有一次我感觉鱼在水中游动的样子实在太笨拙了，想我若下水去，一定能一捉一个准，手到擒来。这个想法让我跃跃欲试。开始的时候我不敢说出来，这里可是公园，不是安陲，这里的鱼都是人工喂养的，有主的，不像安陲的鱼完全野生无主，任谁都可以捕捞。可是我实在忍受不住诱惑了，

便大胆地对外祖父说了出来。

我以为外祖父肯定会摇头不准许，甚至还会批评教育我，可是没料到他竟笑眯眯地点头同意。

我立即挽起衣裤下了水。我非常自信地以为我一旦下了水，这些笨拙的鱼儿一定会被我手到擒来。可是事实完全不是这样。当我下水捞鱼的时候我才真正发觉这些看似笨拙的鱼儿，其实个个都灵巧无比。它们艺高胆大，知道我捉不住它们，根本不在乎我，不躲我，也不避我，甚至无视我的存在，该吃吃该喝喝该玩玩，只等我伸手将要捉住它们时，才漫不经心地随便轻轻一抖腰身，尾巴一甩，不费吹灰之力地就躲过了我的捕捉。如是者再三，最后我终于不得不认输，败阵而归，上了岸来。外祖父依然笑眯眯的。不用说，这一切都在他的意料之中。

不过这也还是让我高兴，能够在上海如此亲近水亲近鱼，有了在安隆山野里一样的乐趣一样的感觉。

在襄阳公园朝西北望去，就会见到公园外的东正教堂，拜占庭式建筑，洋葱头样的穹顶，包裹着铜皮，浑圆而饱满，在阳光下散发着耀目的光华。在我眼里，从襄阳公园望去，总感觉东正教堂不似现实里的建筑，更像童话或神话里比如《一千零一夜》里的建筑。

除了外祖父特别地只携我到襄阳公园外，我们一大家子人有时也到襄阳公园消闲，这时候浩鸣姑父总是爱选择东正教堂的屋顶做背景照相。他以此做背景照了无数的相，有他单人的，有双人的，有三人的，还有多人的。单看照片以为是在异国他乡照的照片呢。

改革开放后，浩鸣姑父果然去了异国他乡。在异国，他仍然喜欢照相，依然喜欢以各种宗教建筑为背景照相。这回在这些照片里不仅呈现着浓浓的异国风情，而且真正是在异国他乡照的了。而他的儿子圆圆长大以后也步了他的后尘。襄阳公园是他们共同的起点，襄阳公园是他们后来人生的背景，就像东正教堂是襄阳公园的背景。

2021 年 8 月 17—18 日

大白兔奶糖

"找呀找呀找朋友，找到一个好朋友，敬个礼呀握握手，笑嘻嘻呀点点头，你是我的好朋友。"在安陲，我们做着找朋友的游戏，有廖伟雄、陈松、阿泡、覃常、梁川，还有黄家明、黄黎明等十多个小朋友。做完了找朋友的游戏，我们又做丢手绢游戏："丢，丢，丢手绢，轻轻地放在小朋友的后面，大家不要告诉他，大家不要告诉他……"廖伟雄把手绢悄悄丢在覃常的背后，向我们做着鬼脸，我们都笑嘻嘻看着，而覃常仍茫然无知，这让我们觉得实在太有趣，实在太好玩了。后来覃常终于发觉了，伸手到后面摸到了手绢，飞快站起来追逐廖伟雄，廖伟雄跑远了追不上，覃常慢下来，我们又一齐拍手接着唱："丢，丢，丢手绢，轻轻地放在小朋友的后面，大家不要告诉他，大家不要告诉他……"覃常笑眯眯地把手绢偷偷放在了黄家明背后。

在二十世纪七十年代初的安陲，闭塞而落后，不通水不通电不通公路，可奇怪的是并没有同外面的世界阻隔，而且外面世界里传唱的《找朋友》《丢手绢》这些歌谣、这些游戏几乎第一时间就流传到了安陲，流传到了我们小伙伴之间，让我们也能同步地做起这些流行游戏。如果更多的现代文明，比如电灯、电话、自来水、公路，也能像这些游戏一样飞快地来到安陲就好了。

后来大家都觉得玩饿了，陈松说如果有一颗糖吃就好啦，然后就望望我。

我就说："走，到我家去。"

我们家在安陲卫生所一排职工宿舍最靠头的一间，大家鱼贯而入。

我从橱柜里捧出糖果盒，随着"嘭"的一声轻响，金属的糖果盒被我打开了，只见一群大白兔奶糖纷纷跳出来乒乒乓乓砸在桌子上，诱惑着小伙伴们。虽然小伙伴们眼睛睁得大大地盯着，但是谁也没有自己乱动手，都静静等待着我来分配。"一人一颗。"我说，拿起一颗给了廖伟雄，拿起一颗给了陈松……我把大白兔奶糖一颗颗分发在每个人手上。最先拿到的都急不可待撕开糖纸，把糖迅速放进嘴里，大口大口嚼起来。阿泡嚼的时候，哈喇子流满了嘴角。他总是这样，我们见惯不怪。

我们家的大白兔奶糖、陈松家的麦乳精，已是我们这群小伙伴传统又珍贵的零食了。陈松比我大方，只要他家里有麦乳精，他总是说："走，到我家喝麦乳精去。"陈松的妈妈也是我们卫生所的医生，陈松的爸爸是公社的干部，屋里面时常备有麦乳精。我们家虽然也经常备有大白兔奶糖，可是我不轻易说："走，去我们家吃大白兔奶糖。"我总是放在关键的时候，比如当大家都拿不出东西的时候，

我才说："走，到我家吃大白兔奶糖。"大家立刻兴高采烈，欣然前往。

大白兔奶糖可不是轻易能得到的，安陲的百货公司没有卖，连县里的百货公司也没有卖，好像只有上海才有卖。我们回上海探亲了，覃常的妈妈梁雪花对我妈妈说："吴医师，帮带一斤大白兔奶糖回来给覃常梁川。"陈松的妈妈说："吴医师，帮带一斤大白兔奶糖回来给我家陈松。"母亲听了频频点头应着："好，好！"每回回上海探亲，母亲和父亲都成了安陲人民的采购员，有的要带吃的，有的要带用的，有的要带穿的，五花八门，纷纷繁繁，不一而足。父亲和母亲一律应着："好，好，好！"父亲一边应一边仔仔细细地用本本记下来：东家要一条围巾，西家要一只头箍。从上海回来，一个麻袋，又一个麻袋，好几个麻袋，装的全是帮安陲人代买的各种东西。每次从安陲回上海的头几天，家里总是人来人往，川流不息。每次从上海回到安陲的头几天，家里更是人来人往，川流不息。人人空手而来，满载而归，个个兴高采烈，眉飞色舞，比过节还热闹，还高兴，还喜气。我们家也从上海给自己带来了许多东西：大白兔奶糖、巧克力、动物饼干等等，而且我们自己带的东西总比别人的多许多，覃常陈松妈妈只要一斤大白兔奶糖，我妈妈带给我的是三斤，用一只马口铁罐头桶盛着。

安陲人好像都知道我们家有大白兔奶糖。母亲帮生了病来治病的小朋友打针，小朋友害怕，不肯打，母亲就说："小朋友乖乖打针，奖一颗大白兔奶糖。"小朋友听了，会立即勇敢地脱光了裤子让母亲扎针。有些小朋友为了得到一颗大白兔奶糖的奖励，一边哇哇大哭，一边脱裤子，坚强地把光屁股高高地撅着。他们实在太害怕打针了，可是又实在太渴望得到大白兔奶糖了。

2021 年 8 月 25 日

《解放日报》

多年来，在安陲父亲除了订《参考消息》，一定还要订《解放日报》，雷打不动，一订就是多年。《参考消息》是他看世界的窗口，他通过这个窗口了解世界，联通世界，得以与世界沟通，不至于使自己与这个变幻着的外头的世界完全脱节。刚开始我不明白父亲除了订《参考消息》，在全国这么多地方报里，为什么会单单选择订《解放日报》。父亲工作在广西，奇怪的是他却没订《广西日报》。后来明白了，那是因为《解放日报》是上海的报纸，是我母亲的家乡报。

每次拿着《解放日报》，我总有一种奇异的感觉：这是来自上海的报纸呀！它跨过了千山万壑，涉过了千河万溪，才来到了安陲啊！小小的安陲和大大的上海，一个是山野之地的村庄，一个是现代化的城市，就这样通过一张报纸联通，建立起了联系，而且我认为是一种紧密的联系，让我握着《解放日报》时就像握着了上海，就像手捧着解读遥远上海的一堆密码。我读着报上的消息，就像破译和解读着这些密码，破译和解读着上海。哪一条马路在扩建，哪一处弄堂在翻修，报纸登出来了，我读到了，都牵动着我小小的心灵。我的心里有着欢快，有着欢欣，而且它是秘密的，只属于我的，这种从报纸上得来的欢快欢欣是只属于我一个人的秘密，是一个人的欢快欢欣。不知道父亲和母亲是不是也都有着像我一样的秘密，一样的这种欢快欢欣。可能都有着吧，但是都各自悄悄藏着掖着，不仅不告诉对方，甚至还努力地不让对方知道。有时母亲见我握着报纸在微笑，会好奇，问："囡，你在笑什么？"我总是连忙掩饰："没笑什么，没笑什么。""傻孩子。"母亲那时总是觉得我是一个傻孩子，我那时确实是一个傻孩子，我总是爱一个人坐着发呆，而且一旦坐在一个地方突然想起什么觉得有趣，就会顾自露出傻傻的笑。

我爱读《解放日报》，它里面报道的许多细节我现在还记忆犹新，比如它刊登的在服务行业搞的"一抓准"技能比赛，就是卖糖果的服务员，大家比一比在给顾客称糖果时，看谁能够又快又准，用手一抓就有准头，东西放在秤上能做到丝毫不差、斤两不少。我读着这些报道叹为观止。还有比如公交司机搞技能比赛，其中有一项是看谁更节能节油。大家群策群力，提出了许多节能节油的招法妙法，像总结出靠站不加油门不踩刹车，靠惯性让车自然滑行进站，以达到省油目的等。读着这些报道，我感到妙趣横生！

还有一件让我印象深刻的事，就是编辑在《解放日报》的《朝花》副刊上连续用整版刊发一位年仅十八岁的郁姓年轻作者的习作，不但如此，还专门配发了编后记。用如此大的篇幅来扶持一位初出茅庐的年轻作者，报纸对作者如此尽心尽力，如此关爱、呵护，真是令人感动！

2021 年 8 月 18 日

在上海骑自行车

上海人多，出门搭公交车总是非常不方便。无论白天黑夜，在马路上行驶的每辆公交车总是爆满。有一回，我读一本英国小说，小说把伦敦装满了人的公交车形容为装满了沙丁鱼的罐头。我觉得太形象了，再想象上海马路上的公交车，觉得更形象了，但我认为上海的公交车肯定比伦敦的公交车更像一只只挤满了沙丁鱼的罐头。后来每次乘车我都要想到这个比喻，觉得自己这只装在罐头里的沙丁鱼是多么可怜，又多么无奈。如果说沙丁鱼是被迫装进罐头里的，我则是主动地把自己变成一条沙丁鱼让公交车装进去。长大以后我来到广州，广州也是中国的一座大都市，我以为乘公交车也会像上海一样，要勇于牺牲，要时刻准备冲锋陷阵，公交车一来，大家会一齐奋不顾身像一堆沙丁鱼一样人挨着人人推着人奋力挤上去。让我吃惊的是他们不是这样，而是排着队等公交。公交来了，再依次不紧不慢不慌不忙走上去，车满了，就停下来，等下一辆。

上海人除了挤公交厉害，挤火车也同样厉害。二十世纪七十年代，上海每座火车站都人山人海，可是我工作在新疆的惠丽嬢嬢一点也不畏惧，每次离开上海去新疆都带着大包小包，包里装满了各种生活用品和食物。当她走在路上，你发现仿佛不是她一个人在走，而是许多包袱在移动，像山一样。

在上海乘公交车，很多时候要想乘上去，还得借助车下别人的外力。车开来了，停下了，门打开了，可是车里面满满当当，有乘客甚至包括司乘就会说："挤一挤，挤一挤。"你踩上车去，只能有半只脚踏在踏板上，身子几乎都还完全悬在车外，那些没有上车的人就会在后面伸出手来放在你背上，为你助力，用力把你塞进去。司机从后视镜上看着，看见你几乎进来了，迅速把门关起。你紧靠着门，在门关闭时的推力下终于完全被关在了车内，这时车也慢悠悠地启动了。

有一回我从安陲回到上海，突然想到我们何不骑自行车出门。这个想法让我兴奋。我告诉小舅舅，要求小舅舅弄辆自行车来，我们骑着上街。小舅舅先是不答应，后来拗不过我的纠缠，答应了，弄了两辆自行车来，他一辆我一辆。那时候我十二三岁，小舅舅有点不放心："你真会骑？""会。"我双手握着车龙头，一只脚踩上车踏板，一只脚悬空用力点了一下地，车便顺顺当当朝前走了，然后我跨上车，稳稳当当地骑行前去。小舅舅见了，也连忙跟上。

骑自行车，我是在安陲学会的。别看安陲抬头是山，低头是水，地无三尺平，却也有自行车。公社的干事出门下乡，有时候也骑自行车。乡村的小道虽然仅有尺把宽，还弯

弯曲曲，忽高忽低，但干事们骑着自行车行走在上面却如履平地。我像公社的其他孩子一样也是拿公社的自行车学会骑车的，先是在公社球场上学。那时我七八岁，人不够高，骑在座儿上脚够不着踏板，便不骑上座儿，而是以立式骑车。两只脚分叉穿过自行车的三角杠，分别踩着两边的车踏板骑着，车行如飞。

我和小舅骑行在复兴中路上，我猛力地踩踏着自行车，让它行走如飞。小舅舅担心得在后面一边追一边朝我喊："慢点慢点！小心小心！"我不理他，感觉心花怒放，骑得更快了。我甚至用上了我在安陲学会的技巧，放开两手，用身子的平衡来指挥自行车龙头的转向。小舅舅看到了大概更是惊出一身冷汗，话也不敢喊了，只是拼命地想超过我，阻拦我。他完全没料到我能把车骑得如此飞快，他一时赶也难赶上，更没想到我还会在车上大耍"杂技"。复兴中路上的人并不多，显得空旷，复兴中路和安陲的尺宽小路比真是天宽地宽，我骑行如入无人之境。我觉得好奇怪，我的众多的嬢嬢们上班为什么不骑自行车而要去挤公交车呀？骑自行车多么爽啊，又自由，又便捷，时间完全自己掌握。更奇怪的是，我妈妈甚至连自行车都不会骑。在安陲，刚开始大家都不知道，在公社球场上练车时，都请母亲来示范指导。母亲有些难为情，说她也不会骑。大家都睁圆了惊奇的眼睛不敢相信。后来事实证明，果然是这样。而我所有的嬢嬢们都不骑自行车上班，宁愿挤公交，是不是也因为像我妈妈一样都不会骑自行车？这么想着，我觉得这倒是很有可能的呀，然后会心地笑了。

这次骑自行车，虽然无惊无险，安全出去，安全回来，可是从此小舅舅打死也再不借自行车给我骑了。不管我怎么恳求他，纠缠他，写决心书，下保证咒，用尽了办法，都不管用。小舅舅受了一次惊吓，再不肯冒险受第二次惊吓了。每次我去求他，他总是一言不发一句话不答，只管摇头，把头摇得像拨浪鼓，左转右转，转得令人犯晕，就是不答应。我的任性使我很后悔。一个人做事一定要有分寸，不可得意忘形，更不可肆意妄为。

2021 年 7 月 26 日—8 月 27 日

上海展览馆

上海展览馆由苏联人完全依照俄罗斯古典主义风格而建。外部高大宏伟，尖顶立着一颗由纯金打造的五角星，不管白天还是黑夜，这颗耸立在高高天空里的五角星都闪闪发光，光芒耀眼。建筑内部更是金碧辉煌，处处镶金嵌玉，熠熠生辉。这既是当时上海最豪华的建筑，也是最高建筑。而且长期以来不知是有明确规定还是一种下意识遵循，其后修建的所有建筑，高度没有超过这座建筑的。父亲曾多次带我到这里行走、参观。每次走在里面，我都有一种大气不敢出的感觉。

我的父亲很顽固和偏执，他从不把上海展览馆叫上海展览馆，总是把它称作"中苏友好大厦"，尽管我的母亲无数次纠正他："现在早已不叫中苏友好大厦了。"他总是嘿嘿一笑，仍固执地说："走，去中苏友好大厦。"令母亲无奈。

"中苏友好"是他们那一代人的一段生活、一段记忆，也许不仅是生活与记忆，还是一种根植于内心的深切愿望，定格着，不肯轻易抹除。

欢歌、舞蹈、手风琴，在父亲和母亲的相册里，这些元素深深地打着苏联烙印。还有纯真和友谊。

母亲最爱唱的一首歌就是苏联的《共青团之歌》："再见吧妈妈，别难过，莫悲伤，祝福我们一路平安吧……"尤其在安睡的时候，她几乎天天都要哼这首歌。我听到了就笑母亲："妈妈想妈妈了。"母亲常常就会流下泪来。

写到这里，我突然自笑：现在的上海展览馆也不叫"上海展览馆"了，早已改叫"上海展览中心"，可我却仍然爱称它"上海展览馆"，就像父亲爱称它"中苏友好大厦"一样。生活在不断改变、变化，不变的是在一代一代人身上传承着相同的情愫。

父亲带我去他称之为"中苏友好大厦"的上海展览馆，也不买东西，就是东走走、西看看。在二十世纪的七十年代初，上海最好的商品摆在两个地方，一个是友谊商店，另一个就是上海展览馆。

离我们家最近的一个友谊商店在静安寺。我常常去，心里对它充满好奇，总爱在它门前晃啊晃啊，走过来，走过去，偷偷地朝里窥视，眼神中充满探寻。不时有金发碧眼的外国人空手进去，拎着大包小包的商品出来。他们兴高采烈的样子，让我艳羡。改革开放后，友谊商店开放了在售的所有商品，售卖商品也不再只收外汇和外汇券了，人民币一样可以流通。1988年我与桔如恋爱时，从广州回上海探亲。要回广州的时候，父亲说："走，去友谊商店买一件礼物带给桔如吧。"我听了，欣然同意，立即由父亲陪着一道欢欢喜喜上友谊商店，在友谊商店挑选了一件礼物，带回了广州。

这件礼物不单是我对桔如的爱情和父亲对桔如的亲情表达，更是某种权利回归的象征。当然桔如不一定知道个中深味，我和父亲却能彼此心照不宣。

还有一个秘密我没有让父亲知道，当时我不仅与父亲一同在友谊商店挑选了一件送给桔如的礼物，而且我还偷偷地，独自一个人，特地跑去上海展览馆，挑选了一件玉器送给桔如。爱情总是要有自己最个人的表达。而专门到上海展览馆购买，自然也是出自儿时的心理。小时候，父亲带我到上海展览馆总是眼看手不动，更没买过任何商品。那时我把那些琳琅满目的商品看在眼里，痒在心里，总希望并渴望什么时候能在这里买上一件商品。现在，我特意去那里买了这个商品，还是送给爱人的一件礼品，这就大大了却并满足了我幼年时的一个秘密心愿。

2021 年 8 月 28—29 日

虹口公园

虹口公园即现在的鲁迅公园。

这也是我们的一次悄然出行：只有我和小舅舅。既没带卡卡，也没带静静。那天早上，阳光灿烂，小舅舅悄悄对我说："走，带你去一个地方。"

小舅舅走在前，我跟在后，悄然而行。出了门，踏上五原路，进入常熟路，到淮海中路乘上公交车，一路北上。感觉穿越了整座城市我们才来到了虹口公园。

径直往公园里走，走到公园的中心，见到了鲁迅墓。

鲁迅墓前矗立着鲁迅的全身铜像。

在我的印象里，鲁迅总是一副"横眉冷对千夫指"的模样，没想到在鲁迅墓前的鲁迅塑像却是这般可亲。只见鲁迅团身坐在藤椅上，头微仰，目光坚毅，面庞祥和、亲切，左手执书，右手扶椅，像是在静静等待瞻仰者的到来，要与来者循循话语，谆谆教诲。

鲁迅塑像前由大片的一串红围护，红艳艳的一串红热烈而沉静，令我喜欢。我蹲下身来用手轻轻抚摸，植物的大红

大紫总是令我喜欢，令我着迷。在安陲，我喜欢满山遍野开得红彤彤的杜鹃花，它们烂漫的模样令人欢欣，好像整个世界、整个天、整个地，甚至整个宇宙，都被它的热情占满了、覆盖了。在广州，我还喜欢一品红，在未见一品红以前我总以为只有秋叶才是红的，比如枫叶，没想到还有像一品红这种生长出来便是红艳艳叶子的植物。古文人有"万绿丛中一点红"的红，那样的红虽然也是很美的，我也喜欢，但总觉得那是中国文人小家子气的一种追求、一种表达。不豪爽，不快意，不彻底，扭扭捏捏，矫情而故作姿态。红就要红得大红大紫，铺天盖地，那才是真正的红、够味的红、大气的红。

鲁迅的书，最初我是抱着一种猎奇的心态阅读的。在安陲的家里，父亲的书柜中摆着鲁迅的书，光是书名就让我充满好奇：《华盖集》《准风月谈》《花边文学》《而已集》《二心集》……这些书名是什么意思我统统不知道。鲁迅的世界好像同我们的世界是两个世界，鲁迅的表达同我们的表达是两种完全不同的表达。那时候我们能读到的当代作家的书，大部头小说的书名有如《创业史》《艳阳天》《金光大道》《沸腾的群山》等等，都一眼就能读懂。小人书有如《鸡毛信》《地道战》《红灯记》《打击侵略者》《龙江颂》等，更是浅显易知。对鲁迅的书，因为不明白所以更好奇。父亲母亲去上班了，我就抱着鲁迅的书读。我发现鲁迅书里的语言也同他的书名一样生涩难懂，不好读。可是我还是读得津津有味。后来我发现，我最喜欢读的并不只是鲁迅的文章，更是文章后的注释。我发觉，那些注释比鲁迅的文章读来更有意思，更饶有意趣，特别是两相比照着读的时候，有时会读到另一种声音。发现了这点，我的内心不由得一紧，想：是不是把书给读歪了？再读，心里就带着一种偷窃一样的心情，偷偷地读，心莫名地紧张，张皇，急迫。读书并不总是从容的事，原来也像小偷啊！

看我站在鲁迅墓前沉思，小舅舅面露得意之色。知我者谓我心忧，不知我者谓我何求。小舅舅是知我的吗？他带我来虹口公园，站在鲁迅墓前是什么意思？追思怀古，抚今忆昔？而我又有什么忧，又有何求？那时我小小年纪，何忧何求！

不是我想多了，就是小舅舅想多了。大约总是我想多了。

看罢鲁迅墓，小舅舅带我去划船。

天高云淡，阳光灿烂。绿树红花，倒映两岸。

船在湖上划动，我不禁想到那首《让我们荡起双桨》："让我们荡起双桨，小船儿推开波浪。海面倒映着美丽的白塔，四周环绕着绿树红墙。小船儿轻轻漂荡在水中，迎面吹来了凉爽的风……"眼前浮现出一群穿着统一队服的少先队员，他们欢声笑语地坐在划动的小船上，迎着北海上凉爽的风，欢乐而幸福地纵情歌唱。

2021 年 8 月 24—25 日

上海火车站

文章写到这里，我才忽然记起应该写写火车站。

必须的。

甚至一开始就应该写。

可我竟一时忘记了。

可见，越是重要的、密切的，越是不起眼，我们越是容易忘记，越是想不起来。

火车站与我的上海生活有着如此紧密的联系，每一回的上海生活基本都与火车站产生勾连：来上海了，离开上海了。直到现在，进进出出上海，对我来说几乎都只有一个入口一个出口：上海火车站。除了某一两次例外，再也没有别的进出口，既没从机场，也没从汽车站出入过。

我母亲和父亲却不止一次从机场出入过上海，唯有我基本只是从火车站出入上海。

1990 年，我还在马鞍山工作的时候，有一次，我订了坐夜班的大巴去上海。由于自己从小乘汽车便晕车，所以特意早早地订票，买了最舒适的一号座位。为了少乘十分钟车，我没到起点站上车，而是就近在定点的一个地方候车。可汽车开到我面前居然呼啸而去，不肯停。我见了，吃了一惊，拼命地招手，拼命地撵，拼命地追上去，希望以此能让车停下来。可是我看到在呼啸而去的车上，司机回过头看了看我，似乎发出一声冷笑，加快了油门把车开得一溜烟走了，气得我直跺脚。

当时是母亲和父亲送的我，母亲就直埋怨我，说："叫你去汽车站上车你不肯，现在好了吧。"父亲比较现实："还埋怨什么，赶紧去赶火车吧。"

我只好振作起精神，直奔火车站。

本想乘一次汽车去上海的，最后还得乘火车。

这像天定的一样，我只要去上海就与火车、火车站脱离不开干系。

不过，好像也有一次乘的是海船。那是一次例外。

记得每次乘火车离开上海都是黄昏，天上彤云如血，或者小雨淅沥。离开的前夜，馨良姑父总要说："今夜就在我们北京路住吧，方便。"北京路比五原路离火车站近不止一倍，最主要是搭乘去火车站的公共汽车很方便，出门，走到弄堂口就是站台，而且中途不用换乘，几站路就到了，快得总是让我感到思想还没转过弯来。

馨良姑父送我们上火车后，朝我们招手："记得下次放假回来。"我听了忽然感到心酸得想哭，母亲的眼泪却先滚出来了，我便忍住不哭了，躲在火车里装作若无其事，尽量不去多看送站的亲人们。我的父亲朝他们挥手："回去吧，大家回去吧。"天上彤云如血，或者小雨淅沥，映红了车窗，

257

抑或淋湿了车窗。我总是对离开时的天气感到奇怪，觉得天气太不正常了。

我一个人进出上海站基本总会迷路，特别是上海新站建成后，更要迷路。旧站出站只有一个方向：南面。过去，我犯迷糊是在站前广场上犯的迷糊。新站建起后，分北出站口和南出站口，虽然更合理，更人性化，更便捷，更方便乘客，可是更增加了我犯迷糊的可能。我走路从来不知东西，更分不清南北，而且奇怪的是基本每回总是判断失误，应该往南走，我的大脑总是偏让我朝北走。这一错，南辕北辙，出了站便傻了眼：那得绕多大一个弯才能回到正确的路途啊！

在柳州乘车去上海，那时没有始发车，乘坐的是从昆明到上海的80次过路车。我从来买不到卧铺票，也基本买不到座位票，能买到一张站票就已不错了，还得是在连续排了几天队后才能侥幸买到。

在上海买票回柳州也一样，有一回我连续排了几天队也买不到票，心情又焦急又沮丧。凯凯表弟见了，表示非常愤懑，他口出豪言："我就不信买不到。"我以为他要去托人情买呢，却见他弯腰把铺盖一卷，说："上火车票预售处去"。我不禁一乐，也奋力把铺盖一卷，要同他共赴这个难。我们到了火车票预售处，排上队，把铺盖打开来，坐上去，一副优哉游哉的模样。像我们这样卷着铺盖来买票的有好多人，并且看来都被折腾得淡然了超然了，坐在自带的铺盖上居然聊天、喝酒、打牌，其乐融融，似乎不是来买票的而是来游玩似的。一位排在我们后面的男孩不用三分钟就与凯凯表弟相识了，彼此抱着拳称兄道弟，像一对老相识好朋友。凯凯的决心没白下，经过彻夜排队总算在第二天迎来曙光得到收获，我如愿买上了票。拿着票，凯凯说："阿哥，下次我们还卷着铺盖来买票。"

那时候的出门真是感觉比登天还难。可是再难也还要出门，还要回上海，回上海是我们的梦想。

从柳州到上海，火车进站的时候总是在早晨。天蒙蒙亮了，火车呜呜地叫着，就感觉要到站了，果然火车广播里那好听的播音员声音便响起来："旅客朋友，您乘坐的 80 次特快列车马上就要到达本次旅行的终点站上海火车站，请您注意好自己的随身物品，不要遗忘在车厢，感谢您的一路陪伴，祝您旅途愉快，欢迎您下次乘坐。"旅客在广播声中哄地一下便躁动起来，一阵忙乱：整理物品的整理物品，拿行李的拿行李，还有人站在过道上已经排起了准备依次下车的队。见我也要起身，父亲出言阻拦："别动。"父亲气定神闲地说："还早得很哪。"我便学着父亲端坐着不动了。果然还早得很呢，几十分钟以后才看到火车站的月台。这才是真到站了。

当火车驶进月台，从车窗看着月台，看着月台外的城市，看着城市里的高楼大厦，我心里一时总有一种不知身在何处了的恍惚，又宛若经历了一种穿越，穿越到了另一维度的一个陌生世界。周遭鼎沸的人声突然变得那么遥远，我和周围无端地疏离了，隔膜了，虽然明知其实这个世界是生养自己、自己自小在这里成长的世界，自己事实上应该无比稔熟，此刻不知为什么内心却感到它竟是如此陌生。火车停站后，我想赶快走下火车，迫不及待地想去接触、抚摸、再度认识这座城市、这个世界。

2021 年 8 月 29—30 日

乘海轮去上海

这注定是一次忧伤的旅行吗？

在《潜伏》里，翠平问晚秋："什么叫作忧伤？"

我听到便笑了。

想起多年前我从广州乘海轮去上海，第一次体味到了忧伤。

当时是桔如送的我。广州黄埔港的黄昏，彤云如血。在彤云如血里，桔如深情地看着我，我也深情地望着桔如，有着千丝万缕的情结，更有着无比的忧伤，像一场生离死别。

恋人的每一次暂时的别离总如同生离死别。

1988年的晚秋，临近冬天的秋天彤云如血，正是热恋时刻，我被安排探家了。桔如忧伤地拉着我说："别去别去！"好像我这一走就再也不会回来，再也不能回到她身边。我被她的情绪感染了，好像我这一别真的似"风萧萧兮易水寒，壮士一去兮不复还"了。虽然我根本不相信，虽然这根本不可能，而且作为军人我一定还要按时按刻回还，但是在情绪上我和她同样饱含了忧伤。

海轮时不时呜呜长鸣一声，提醒乘客以及送别的人：该挥手告别了：

> 最是那一低头的温柔，
> 像一朵水莲花不胜凉风的娇羞，
> 道一声珍重，道一声珍重，
> 那一声珍重里有蜜甜的忧愁——
> 沙扬娜拉！

我曾极力邀请桔如与我一块儿踏上去上海的旅途。桔如听了，一会儿欣喜万分，雀跃着要与我一路同行；一会儿又陷入忐忑和沮丧，像泄了气的皮球没了勇气。恋爱中的人总是矛盾的，坚定与犹豫，勇敢与畏缩，希望同绝望，憧憬和幻灭，交相出现。有着多少的坚定，就有着多少的动摇。

当海轮响起最后一声将离港的长鸣时，我们终于缱绻缱绻、依依不舍分别了。那一刻，我已生出了放弃这次探家的念头，只要她再说一次："别去别去！"可是她已经不再说，她接受了事实。

海轮徐徐离港的时候，我像许多踏上旅途的人一样站在船舷，紧贴着栏杆，哪怕能向岸上的桔如再靠近一分。海鸥在海轮上空盘旋着飞翔，发出响亮的鸣叫，去而又回地追逐着一点一点驶离的船，它们也缱绻缱绻、依依难舍。

直到桔如变成一个黑点了，直到这个黑点完全消失看不见了，我仍靠在栏杆上遥望，像回望自己刚刚做过的一个不真实又追不回的梦。

小学时读巴金的《海上日出》后，就对海上日出充满了憧憬，渴望有一日能像巴金那样乘海轮看海上日出：

为了看日出，我常常早起。那时天还没有大亮，周围很静，只听见船里机器的声音。

天空还是一片浅蓝，很浅很浅的。转眼间，天水相接的地方出现了一道红霞。红霞的范围慢慢扩大，越来越亮。我知道太阳就要从天边升起来了，便目不转睛地望着那里。

果然，过了一会儿，那里出现了太阳的小半边脸，红是红得很，却没有亮光。太阳像负着什么重担似的，慢慢地，一纵一纵地，使劲儿向上升。到了最后，它终于冲破了云霞，完全跳出了海面，颜色真红得可爱。一刹那间，这深红的圆东西发出夺目的亮光，射得人眼睛发痛。它旁边的云也突然有了光彩。

有时候太阳躲进云里。阳光透过云缝直射到水面上，很难分辨出哪里是水，哪里是天，只看见一片灿烂的亮光。

有时候天边有黑云，云还很厚。太阳升起来，人看不见它。它的光芒给黑云镶了一道光亮的金边。后来，太阳慢慢透出重围，出现在天空，把一片片云染成了紫色或者红色。这时候，不仅是太阳、云和海水，连我自己也成了光亮的了。

这不是伟大的奇观么？

　　巴金二十三岁正若我初恋时候的年纪，对海上日出充满了观看的好奇、摹写的冲动。那时我想象着我若也能有这一天能观看海上日出，那将是多么激动人心幸福美好的一刻呀！可是，事实上，当它真正来临，我的心境却已物是人非。由于正与爱情别离而只顾回归到装满爱情的内心，我对身外之物的什么海上日出就毫无兴致了。我坐在轮船上，无暇他顾，只埋头不停地写着给桔如的日记，写着爱和思念，而对仿佛应该多么激动人心、被巴金喻为"伟大的奇观"的海上日出弃如敝屣。

　　当我们只顾关注内心的时候，一定会错失身外的一些"伟大的时刻"，一定会错失身外的一些"伟大的奇观"。

　　但是，如果一切可以回头，一切可以重来，我还是会像当初一样选择回到内心。

2021 年 9 月 1 日

游　戏

　　真的很奇怪，在上海，在五原路，在五原路的家里，我从来也没有学到和做过任何游戏。

　　最应该和最能够教我们游戏的人自然是小舅舅。

　　可是小舅舅从来也没教过我任何游戏。

　　我感觉我一直缺乏想象力，这可能和我童年没有做过任何游戏相关。在应该通过游戏开发和成长想象力的童年，我竟然没有做过任何游戏。

　　想来，一个人口众多的家庭最应该最容易一起做游戏。在家里，我们的同龄玩伴是如此众多：卡卡、静静、鸣鸣、军军、黛黛、凯凯，还有娟娟、宝宝，等等，我们一块儿长大，却没有一块儿做过游戏。做游戏是儿童的天性，但不知为什么，在上海我们居然没玩过任何游戏。

　　后来我来到了安陲，与安陲村上的小孩们一块儿生活，便迅速学会了许多游戏：丢手绢、找朋友、跳绳、踢毽子、打弹子、抽陀螺、玩过家家、捉迷藏……太多太多了。城市生活并不一定丰富多彩，乡村生活也并不一定贫瘠单调，很多时候乡村生活其实比城市生活更加丰富、更加多姿、更加多彩，而它们也并不泾渭分明。

　　我实在不记得小时候我们在上海每天都做什么，怎么消度一天又一天的漫漫时光。我只记得自己经常沉迷于书里，并乐此不疲，读书读得津津有味而不知时光流逝，不觉晨昏更替。

　　但是当我把这部《城市书：上海生活》这么一节一节写下来，渐渐就呈现了当初上海生活的样貌：哦，我们是这么在上海生活过来的。这种呈现是自然的，又令我意外，好像也并不乏味，并不单调，并不是百无聊赖的。没有游戏的生活也并不是空白的生活，没有游戏的生活也照样是成长的生活。

2021 年 9 月 27 日

玩 具

　　最让我喜欢且爱不释手的玩具是一辆电动坦克车。它全身画着迷彩色，高昂着炮管，开动起来有一种大无畏的气势，更有一种所向披靡的气派，雄赳赳气昂昂。最奇妙也最令我惊喜的是，这并不是一辆傻头傻脑、只会一往无前的坦克，它还是一辆充满智慧和机智的坦克。当它奋勇前行遇到越不过的障碍时，并不一味蛮干，更不会停滞在原地无所作为无动于衷，它会在碰到障碍物翻越不过时，迅速倒退或者掉头而去。它显出来的这种智慧和机智让我把它当作一个人来对待。我常抱着我的坦克和它耳鬓厮磨，同它悄悄耳语。我总是觉得它在听我说话，并且听懂了我的话，它点头答应，它表示明白，执行着我的命令，或穿插而行，或勇往直前。

　　这辆坦克是大舅娘买给我的。在我六岁前，大舅娘从来没有见过我，那时候她在西安。在我六岁那年的春节，大舅娘回到了上海。第一次见到了我后，走在南京路上，走着走着她觉得有必要表示一下她对我的喜爱，便问我："罗海，你喜欢什么，告诉舅娘，舅娘帮你买！"我听了喜不自胜，拉着大舅娘就跑进了一家百货商店，但在百货商店里我没有选择请大舅娘为我买一辆玩具坦克，而是选择了一本哲学的书。这让大舅娘惊讶，但是她没有说什么而是迅速地掏钱把书买下了。

可能是意犹未尽，又一天我们走在南京路上时，大舅娘再度低头对我说："罗海，你喜欢什么，告诉舅娘，舅妈帮你买！"我听了更是喜不自胜，立即拉着大舅娘一溜烟跑进了一家百货商店，这次我指着一辆玩具坦克说："我要这个。"大舅娘听了，毫不犹豫迅速地掏钱，为我买下了这个玩具。

我的第二个玩具是从小舅舅抽屉里掠夺来的。一直以来，小舅舅的抽屉就是我的百宝箱，那里总时不时藏进我不知晓却又好玩有趣的东西。这次，我在里面发现了一组野战士兵的玩具。它们有几十个之多，每个人只有手指大小，分两组，一组绿色，一组墨色，都全副武装，戴着头盔，或者抱着机枪，或者挥舞着手枪，或者作势扔着手榴弹，或者端着步枪。姿势也各不相同，有站姿、跪姿、卧姿等等，不一而足。这两组摆开来就是两组敌对的军队，你可以任意地把它们摆布成不同的队形和阵形，假装它们在开战。刚玩的时候我觉得也很好玩，但很快就玩腻了，觉得无趣了。后来我就把这组玩具统统转送给了卡卡。而卡卡一直饶有兴趣地把它们玩弄了好久，乐此不疲。

还有一个玩具是悦丽孃孃送的，是一只石猴子，她从豫园买来的。那时刚刚上映《孙悟空三打白骨精》和《大闹天

宫》，猴子形象挺热门，这只石猴子自然成了很多小孩追捧的对象。它的奇妙之处在于，它不仅仅是一只石猴子，还是一只能被吹响的石猴子。猴头有一个洞，拐着弯到猴屁股处，把猴头贴紧嘴巴然后用力朝洞里吹气会发出厉声。那声音有点凄厉，又有点歇斯底里。我一下子就喜欢上了，每天吹。悦丽孃孃却后悔了，当时她买给我的时候不知道也没想到这只石猴子居然还能发出厉声，她听了总觉得太吓人了，好多次让我把它扔掉，可是我始终不肯不愿，最后她也只好无奈地作罢。其实她是有方法的，要是她拿一个更吸引我更让我喜欢的东西同我交换或者直接要我放弃，她肯定就成功了。可是，她不会这招。

我对这枚石猴子喜欢得不得了。后来我把它带到了安陲，我常常一路吹着它上学，又一路吹着它下学。陈松、廖伟雄、黄家明等同学见了都羡慕不已，两眼望穿，都欲得而后快，可是他们无法得到，他们在上海没有亲人，没有人能够买给他们。

我经常一个人在黄昏的河岸边坐在石头上吹响这枚石猴子。从石猴子肚里发出的厉声在空旷的河床上回荡，像孤魂野鬼的号声，令人害怕。可是我不感觉害怕，只感觉一种内心释放的快意和轻松。我吹出来的不是石头的声音，是我心里、灵魂里的叫声。

2021 年 9 月 27—28 日

纸　牌

　　来，来，来，让俺与你大战三百回合。在上海的弄堂口看到人们在玩纸牌，我都会这么想。上海人打纸牌，不是一副，而是许多副，有八九副，甚至十来副。四个人或者六个人围着一张桌，取牌，牌在手里像搭楼梯一样一取一大把，一张一张摞得老高，每一种牌都有十几张。我很佩服他们握牌的手段。

　　我妈妈没能接上海人打牌的班，她在安陲教梁雪花还有其他人打牌，仅扪一副牌，除去扣底，一个人只拿区区十二张牌，真是太简单了。妈妈的打法也不同，她爱打升级，一级级升上去，打到顶级了，便胜了，然后重新开始。

　　在上海弄堂口的人们打牌只打争上游，其他的不打，看谁把牌跑得快。这么多牌大约也只能打争上游。争上游只有开始没有终结，可以一直这么打下去，是持久战。这就有了大战三百回合的味道。

　　我小时候经常蹲在弄堂口看人们打牌。冬日的阳光从梧桐树上照射下来，斑驳而明媚，耀眼而温情，弄得人浑身暖

洋洋、舒舒坦坦的。

人们边舒服地晒着太阳边大声喧哗地打着牌。

这种喧哗，便是典型的市井之声。

很多年来，我总是把喧哗同市井联系起来。

喧哗等于市井。

有时我很喜欢，有时却很厌恶。我喜欢这种热闹，喜欢凑热闹。有时，我又厌恶这种喧哗，觉得很低俗，很没品位。

喜欢的时候，我就去围着一张张桌牌场转悠，这里看看，那里望望。看的时候我总是替拿着牌的人担心，牌太多了，生怕打牌的人会拿不拢，一下掉下来。可是这样的事情从来没有发生过，因此我的担心就这样一直悬着，一直担着，一直为别人提心吊胆着。

厌恶的时候，我就躲到阁楼里看书。

阁楼是一个那么清静的地方，静得连一根针掉在地上都可以感觉得到。

喧哗与沉静是我生活的两端，而喜欢和厌恶却将我的个性打造得有点乖戾，使我变得又脱俗又市井，一时脱俗一时市井，到现在也如此。

我也喜欢打牌，刚开始的时候是人和人面对面打，打两副牌。有互联网后再也没与人面对面打过牌了，通常我都是在网上打三副牌。我很不屑于打一副牌，觉得太简单太单调了，没意思，没趣。这点，我有点像上海弄堂口打牌的人们。

上海弄堂口的牌局有一种似乎可以打到天荒地老的模

样，不仅是持久战，更是消耗战。所以来的人全副武装，有备而来，水杯、纸烟、零食等等，全都准备好了，保证了从早到晚不歇不散。

这种市井生活，我在广州没见过，在北京也没见着，这是上海特色，是上海弄堂口的一道景致。它牵连着生活习惯、邻里情谊、人际关系。它使人同人联结得更紧致、通畅、开放、包容，一条弄堂里的人就变成了一家人。

2021 年 10 月 5 日

菜　谱

　　去北京路馨良姑父和美丽孃孃家，姑父总会说："小罗海来了嘛，阿拉总归要好好招待的。"我不知他这"好好招待"是什么意思，只见他拿出一张纸，掏出一支笔，坐在餐桌前开始写写画画。

　　良久写好了，递给我看。

　　我吃了一惊，原来是为招待我而准备的一周菜谱。

　　突然感到上海人生活的精细精致。

　　"看看，侬喜欢哦？"

　　我拿着看，有油爆大虾、红烧猪肉、煎带鱼、糖醋排骨、上海色拉……都是我平素极喜欢的，被细致地分别安排在一周的每一天里。

　　我笑得合不拢嘴，哈喇子都流出来了，一边咽着口水，一边连连首肯，却又羞涩得不好意思开口说话。

　　馨良姑父家不像外祖父家，人口众多，开饭要摆几桌。馨良姑父家是一个标准的小家庭，只有馨良姑父、美丽孃孃、黛黛表妹和凯凯表弟，我来了再加上我，五个人围坐在一张餐桌上还没坐满。这样的氛围也是我极喜欢的，安静，温馨，带着一点柔情蜜意。吃饭的时候所有人都让着我，包括黛黛和凯凯。馨良姑父不停地给我夹菜，我碗里的菜堆得老高了，可是我还不满足，一边手脚忙乱往嘴里塞东西，一边一双小眼睛仍贪婪地在众多的菜肴上梭巡，估量下一筷子要往哪里伸。姑父总是满面笑容，充满怜爱地看着我，见我这个贪心不足的小样，有种心满意足的感觉。

不过，我也喜欢在外祖父家开饭的气势。由于人口众多，家里总显得热闹非凡，小的，老的，不老不小的，或团团而坐，或分别围坐。有时是一张大餐桌，更多时候是两张餐桌，或者三张餐桌。那种生活的味道，那种生活的气息，浓到化不开，让我爱极了。

上海色拉是馨良姑父的拿手菜，在外祖父家只要馨良姑父在，这道菜都是他做的。把土豆切成小方块煮熟，去皮的红肠切丁，去皮的苹果也切丁。当然还有小豌豆、鸡蛋黄、番茄、色拉油，把这些东西调和起来，一碟五颜六色的上海色拉就摆在了餐桌上。我喜欢看姑父把苹果去皮时的手艺。他拿起一个苹果，用水果刀从头开始削，一边削一边旋，皮被削开了，却不掉，一圈一圈仍裹在苹果上。削完，把刀抽出来，用手将皮一拎，整条苹果皮弯弯曲曲地就被拎了起来，非常艺术。这不是在削苹果而是在进行行为艺术表演。

我喜欢上海色拉，但只是喜欢"色拉"这个名字，并不喜欢吃色拉。

在馨良姑父家，早餐也每天不同，或者豆浆油条，或者包子馒头，还有牛奶面包，自然还有泡饭。酱瓜配泡饭也是

我的一爱，偶尔我甚至想这个世界只要天天有酱瓜给我吃我就应该心满意足了。就像我的一位广西表哥，他曾经对生活的理想就是每天能吃上一个鸡蛋。在柳州好长时间，每逛超市我都一定要去逛熟菜区，看看有没有酱瓜。最先好多年都没有看到酱瓜，感到好生奇怪，我一直认定好东西会长翅膀，不远万里也会轻而易举地飞至，怎么柳州会没有酱瓜呢？后来果然就有了。酱瓜的美好美妙只有喜欢的人才知道。

姑父在新华书店上班，美丽孃孃在杨树浦发电厂当医生，他们早出晚归，回来就按菜谱做饭，我也去打下手，孃孃洗菜，姑父炒菜。姑父家住的是二楼，并不是高层，可是自来水龙头出水却小得如丝丝缕缕，还时断时续，接满一盆水要等待漫长的时间，可是孃孃和姑父都不急，神态自若，按部就班。在上海生活真得有好性子。初来上海的人可能会感到处处不遂意，急得跳脚，像出门得挤公交，回来得忍受若有若无的自来水，让人感到难以忍受。还好我早已习惯了，谁叫我自小生长在上海呢！

2021 年 10 月 6 日

母亲的歌声

  人经常以歌声来怀念，我的母亲便是这样。她来到安陲，高兴的时候唱歌，忧郁的时候唱歌，烦闷的时候唱歌，悲伤的时候也唱歌。她的歌婉转而娇柔。

  在来到安陲之前，在融水苗族自治县人民医院她也唱歌。那会儿基本是在医院的礼堂集体高歌。歌声有的激越，也有的较为抒情。我现在还记得一些，如："冲冲冲，我们是革命的工农！""东风吹，战鼓擂，现在世界上究竟谁怕谁……"结尾总是："大海航行靠舵手，万物生长靠太阳……"当然开头一般是"东方红，太阳升"，有时是"起来，饥寒交迫的奴隶……"

  那时候我们小孩也跟着唱，都不学自会。

  家里还买有当时出版的许多红色书籍，关于歌曲的，记得有一本叫《革命歌曲选》，父亲和母亲经常翻阅。那时候，他们打开这本书，面对面，母亲唱歌，父亲吹笛，歌声高亢，笛声清亮。

  1965年，《红旗》杂志发表社论，倡导大唱红歌，列出

了它倡导的如下歌曲，分别为《大海航行靠舵手》《社会主义好》《我们走在大路上》《工人阶级硬骨头》《社员都是向阳花》《三八作风歌》《毛主席的战士最听党的话》《为女民兵题照》《学习雷锋好榜样》《高举革命大旗》《我们是共产主义接班人》《全世界无产者联合起来》《全世界人民团结起来》。现在听这些歌，还是非常爱听。不管是过去还是现在，我仍然喜欢听《我们走在大路上》："我们走在大路上，意气风发斗志昂扬……向前进，向前进，革命气势不可阻挡！"那种气势，那种豪迈，总是鼓动着我，激励着我。

在上海，我的小舅舅也喜欢唱歌，并且还喜欢教我唱歌。他一边教我唱，一边表演，一举一动，都那么有型。我记得他学着李玉和的模样教我唱："临行喝妈一碗酒，浑身是胆雄赳赳。"他还学着少剑波唱："我们是工农子弟兵来到深山……"中间的那种换气有板有眼，有声有色，很专业，小舅舅不去做一个歌唱家、表演家，真是可惜了。

当唱到"革命的红旗挂两边"时，我特别喜欢，觉得这句歌词画面感十足，很气派，希望自己有一天也能将革命的大旗神气地挂在自己衣领的两边。后来我果然做到了，高中毕业后成了一名军人，领袖上总是挂着两面红旗。

后来，母亲在安陆唱的歌，歌风突变，开始变得婉转柔媚、百转千回："燕燕也许太鲁莽，有话对侬姊姊讲，我来做个媒，保侬称心肠，人才相配门户相当。问姊姊呀，我做媒人可像样，问姊姊呀，我做媒人可稳当……""记住了，日月星辰是天上宝，五谷花草是地上宝，忠臣良将是国中宝，爱心孝道是齐家宝……"

我听了，觉得很奇怪，不解。有时母亲一边唱一边望着我微笑，眼睛闪闪亮，却挂着泪花。

这些歌唱的都是沪剧，千回百转，委婉动人，是母亲对于上海的记忆，大概也是她对于上海的渴望。在她的歌声中藏着多少的上海时光和多少的对于上海的梦寐，只有她自己知道，并且肯定是无法与人道的。

2021 年 9 月 30 日

母亲过去的踪迹

我母亲不是个有趣的人，但是个善良的人。

王小波写文章说，做人要做有趣的人。好像一个人不有趣是一种罪过。我读到了刚开始很惶恐，后来也就释怀了。事有万种，人有千样，每个人都可提出他自己的要求，都可做他想做的人，但不能强求别人。

我一直想为母亲写一本书，因为她是一个不起眼的人。为不起眼的人书写是一个作家应该做的事情。我应该从我的母亲做起。她从上海来到广西，先后在柳州、融水、融安、安陲、和睦等许多地方待过工作过，从一个五谷不分、四体不勤的上海姑娘，成长为懂得稼穑农事的妇人。如果她还在上海，她一定仍不懂得稼穑农事，这没有什么不好。

我经常想象母亲在上海的生活，她的幼年、她的童年、她的少年，以及她部分的青年时光都生活在上海。那么她是怎么在上海生活的？

我在上海的时候常常想去探寻母亲的足迹，可是我什么也探寻不到。

一个平凡人是没有太多东西可以留下让人追寻的。我应该想到，可是又不甘心。

在我们住着的四合院，天井里的草不知怎么到来的，却在石板间的缝隙里顽强地郁郁葱葱地生长着，也灿烂，也寂寞，春来冬去，无迹可寻。我发现，母亲就有点像这些青青的草。

我们住着的房子，哪一间是母亲原先住着的地方呢？

我先是在我住的阁楼寻找，我希望寻找到一本书、一张纸片，哪怕是一粒扣子，带着母亲的体味，留着母亲的痕迹，可是没有找到。

我在悦丽孃孃的卧房寻找，我想象这间房间在成为悦丽孃孃的卧房前也许首先是我母亲的卧房。卧房里有着床铺、梳妆台、衣橱。梳妆台上整齐地摆放着眉笔、口红、粉底……我知道这些只能是悦丽孃孃的物品，不会是母亲的物品，因为母亲几乎从来没有涂红描眉过。母亲很朴实，很老实，规规矩矩，没有太多情趣，不太打扮，她基本总是素面朝天。

我在客厅里寻找。客厅里最多的是小舅舅的痕迹，留声机、收音机，后来的匈牙利大电视机，都是小舅舅钟爱之物。玻璃立柜里装着的也全是小舅舅淘来的各种仿古赝品。小舅舅是这样一个人，他追求时髦，又怀念古旧，所以他有许多的藏品，总是又前卫又仿佛古旧。说仿佛古旧是因为那不是真正的旧物，对旧物小舅舅既没有鉴赏力也没有资力，他只能淘来赝品，还津津乐道。小舅舅是那种在生活中自得其乐的人，这样的人是阳光的，能感染人。可惜小舅舅就是

有点不学无术，品位并不很高，这拉低了他生活的情趣和思想的高度。

我在客厅里找到了太多小舅舅的痕迹。客厅是一个家庭的公共之地，肯定是有母亲留着的踪迹的，可是我还是没有找到。这让我心头充满了遗憾与自责。我想，我要是福尔摩斯我就一定不会像现在这样一无所获。为了寻找母亲的踪迹，我曾经很努力地认真习读福尔摩斯，《血字的研究》《恐怖谷》《四签名》《红发会》……关于福尔摩斯所有的书我都读遍了，可是我仍然没有能找到母亲存留在这个家庭里的哪怕一点点气息。

也许这不应该奇怪，也不应该强求，对于一个凡人来说，所有的一切总是那么快地那么彻底地烟消云散，一个人的生命总是风轻云淡。如果我们非要寻找，只能去记忆里寻找。可是记忆也是那么稀薄，有时觉得又不可碰触。在母亲众多的姊妹中，菊丽孃孃与她的交情最好最深，可是菊丽孃孃也从来没有向我说过母亲的任何过去。不单是菊丽孃孃，在我们的家庭中，没有一个人会乐道过去。而一个人的踪迹其实有没有又有什么要紧呢？

2021 年 10 月 7 日

龙华殡仪馆

在地图上测量，从我们五原路的家到龙华殡仪馆只有不到六公里的路程，而我一直以为那是个遥远的地方。

人由生到死，从医院开始，到殡仪馆结束。其实在殡仪馆只是人生结束的一个仪式。事实上，我们生在医院，死大多也在医院。

1980年的初冬，孃孃们带我来到龙华殡仪馆，先是乘车，然后是走路，再登梯，去瞻仰外祖父。

我的外祖父于1980年7月11日殁了，终年六十五岁。我在写这些文字前计算他的阳寿时才发现外祖父仅仅活了六十五岁，这令我吃惊。他还那么年轻，依现在对年龄的划分还在中年。中年的外祖父年纪轻轻便殁了。我的外祖母说上天不管对好人还是对坏人都一视同仁，你是好人也不会增你一分寿，你是坏人也不会减你一天命。我觉得她说得有点悲愤、愤懑。可是看她那神情却是那么平和，好像并没有悲愤，更没有愤懑。也许是我会错了意。

那时候我十四岁，还是个小小少年，可是已经经历过了

许多的生、许多的死。鸿丽嬢嬢在我们走进殡仪馆时搂着我说："囡，不要哭。"

她担心我受不了死。

其实她的担心多余了。

我生长在医院，见多了生死，而且是各种的生、各种的死。对生对死都淡然了，都怀着一种淡然的心态。

我看到的第一个印象深刻的死去的人是一个十七八岁的少女，她被汽车撞了，应该是当场便死亡了，但是司机还是把她送到了医院。她看上去很安详，没见到有什么外伤，像睡着了，我甚至以为她真是睡着了。

我看到的第二个印象深刻的死去的人是一个死囚犯，他几乎就死在我脚下，近在咫尺，被一枪爆头。我惊诧，但绝不悲伤。

有时我看到自己对死的淡然，总是感到负疚，觉得不对。我应该像很多人那样对生大喜，仰天欢笑；对死大悲，呼天抢地。

我常常想，有一天真轮到我的至亲的亲人殁了，我会表现得怎样。

我不太敢下结论，我实在不能确定不敢确定我会有怎样的表现。

我最先去看的已不在人世了的亲人，是我的祖父祖母。那是1979年的暑假，是伯父领我去的。

祖父祖母一同葬在融安县泗顶村上的一座山的山腰上。坟墓坐西朝东，遥向远方，顺着这个方向俯瞰，仿佛可以看到天下的山川河流、树木森林，有着气象万千的气势。

人死了，生者总要为死者找寻气象万千的地方给予安葬，生时默默，希望死后能有气象，并且因此庇荫后人，让后人从此能成龙成凤，从此也生出气象，风生水起，改变命运，美好的变得更加美好，幸福的变得越加幸福；不美好的变得美好起来，不幸的由此幸运幸福。

伯父把我领到祖父祖母的坟前，拿出事先准备好的祭品，一一呈供在墓台上，然后点上香火，送上酒水，祭天祭地祭故人。我没有哭泣，只是默默地伫立。

祖父在我没出生时就仙逝了，祖母我在初中的时候见过，有过短暂的共同生活经历。她对我慈爱有加，为此我曾写过文章细叙，彼此是有感情的。现在她殁了，可是想到这些我也没有哭泣，虽然有所感怀，却没有更多伤悲。

我对死亡看得如此淡，甚至是如此轻。我为什么会这样？有时我觉得是我的个性使然，有时我又认为是由我的生长环境造就。

中国的传统观念对死也有着完全分明的看法。死也并不总是悲的，死竟然还可以是喜的。如果一个人超过了八十岁在高寿上离世，他的死就会被人们称作"喜丧"。《清稗类钞》是这样说的："人家之有丧，哀事也，方追悼之不暇，何有于喜。而俗有所谓喜丧者，则以死者之福寿兼备为可喜也。"这时候丧事会被当作喜事操办，披红挂绿，大吹大擂。中国的历史几乎从源头开始就讲究辩证：阴、阳，明、暗，大、小，虚、实，悲、喜，生、死，等等。喜极而泣，乐极生悲。正反都是理，似乎都在理。不喜则悲，不悲则喜，事是一个事，情却总爱走两极趋两端，或者说总爱偏走一端执着

283

于一极。我则希望不喜不悲，也喜也悲，微喜微悲，张弛有度，能超然些。

在龙华殡仪馆里，外祖父已成了一抔黄土，供奉在龙华殡仪馆提供的骨灰盒里。盒子是木质的，上着枣色的漆，安置在玻璃柜中，上头贴有外祖父生前照的二寸小照，照片里外祖父平和地微笑着。这正是他面对人生的姿态：平静，平和，不动声色，不以物喜，不以己悲。一个人以本分存世，以本分立世，以本分生存于这个世界上，我认为也算得上是一种境界，也不是容易做得到的。我的外祖父做到了。

2021 年 8 月 15—17 日

城门开

    每一座城市都应该有自己的城门，城门开合，接纳或者拒绝，门内或者门外。北岛生长在北京，作为城市的孩子，特别是作为北京的孩子，本能地有着城门意识。他专门写北京的一本书，书名就叫《城门开》，他还在扉页特别抄下这样的童谣：

        城门城门几丈高？

        三十六丈高！

        上的什么锁？

        金刚大铁锁！

        城门城门开不开？

        ……

    城市的门是走向或者说打开城市的通道，你要想进入城市，了解城市，融入城市，必得走这条通道。而在北岛的意识里，北京的城门始终是打开的、开放的。由此带来的变化

285

却让他叹息，感叹，不满。他决定："我要用文字重建一座城市，重建我的北京——用我的北京否认如今的北京。"文人很多时候都是怀旧的，北岛离开北京十三年后回到北京，他对北京发生的翻天覆地的变化充满了惊讶和不快，决定写本书，重构北京，"用我的北京否认如今的北京"。

北岛也许并没有什么不对，每一种变革和革新，总是打碎和摧毁旧的，并在这种打碎和摧毁之上建立新的。

有时我不免陷入幻想：我们可不可以让旧的安然存在，在旧的边上建设新的，让它们彼此依存，彼此观照，甚至彼此对峙？为什么不能这样呢？为什么一定要打碎旧的才能建立新的呢？最后我们可能把旧的打碎了却并没有建立起新的来，就算建立起来了，新的就一定是好的吗？

北岛在潜意识里还是认同了城市的开放，所以在写这本书时下意识地为这本书起了《城门开》的书名。

城门开，以此来描绘北京既实际又形象。北京城门深重，想象着它一扇扇打开的时候，会是一种什么寓意，有着怎样的意味？

如果说封建社会的发展就是一个不断建设、加强、加固和据守城墙与城门的过程，那么现代社会的发展就是不断打破、打碎、摒除和脱离城墙与城门的过程，最终不是使城墙城门变为乌有只存在于记忆中，就是使它们成为摆设。不过这种摆设不仅成为历史的某种回照，不觉中也具有了超出城墙城门本身的意蕴和深味。

上海也像北京一样曾是一个四周筑着城墙的城市，史上广有城门，十个之多。但是现在，城还在，墙多已无，门更不知所终了。

不过非常有意思的是，它遗留的无形痕迹却仍那么深重、那么近切、那么现实，时时刻刻体现在你的生活中。

11 路公交车行驶的路线，各站台名称如下：老西门、中华路尚文路、大南门、小南门、大东门、小东门、人民路新开河路、新北门、小北门、老西门。

从起点回到终点，一路城门，处处都显豁着旧有时代城门的魂灵。

外地人来到上海乘坐在 11 路公交车上对于一路报出的站名往往既感莫名其妙，继而又会引发无限兴趣。

中国的城市公交车开辟环行路车次多是近十几二十年的事，可是上海早在五六十年代就有了，领先了数十年。

小时候，我最喜欢乘坐 11 路环行公交车。我喜欢它的起点也是终点，终点又是起点。它就像一个人的人生，从哪里来最后还是回到哪里去。你乘坐在上面，会有一种迷茫感、失落感，不知所措，一会儿清楚，一会儿茫然。坐在车上，总有种既找不到起点，也找不到终点的糊涂。当你突然醒悟你到站的地儿原来既是原先的起点亦是现在的终点时，你不觉依稀会有某种觉悟和顿悟，不仅会对现时现下，而且竟也会对自己的一生突然感觉有了某种醒悟。

如今的上海不像北京，现在的北京处处仍存在着有形的城门：天安门、正阳门、德胜门、永定门等等，而上海已经几无城门了。上海虽然有形的城门几乎没有了，无形的城门却处处都在，它严酷、森严、冷漠、毫无感情。自从我的母亲离开上海后，她的梦想就是再踏过重门，进入上海，回到

上海。

对此，我一直并不以为意，对于母亲的回乡情结，我并没有在情感上与其产生多少共鸣。我很喜欢周作人说的这句话："我住过的地方都是故乡。"而我比周作人走得更远，周作人还有一个"故乡"的概念，还承认他住过的地方都是故乡，我已经完全没有故乡的概念了。在情感上，不管住在哪里我的情感都有着漂泊感、流离感，感觉哪里都不是我的故乡，感觉哪里都没有安放我的情感的地方了。

我已经成了没有故乡感的人，成了没有故乡的人，成了不需要故乡的人。

城门开不开对我都无所谓了。

2021 年 9 月 28—29 日

（全文完）

后 记

城市在向作家的灵魂招手

《城市书：上海生活》是我计划写作的"城市书"四部曲中的一部。其他三部为《城市书：广州生活》《城市书：马鞍山生活》《城市书：柳州生活》。它们分别是我对自己四段不同地域和不同文化的城市生活的书写。

我一直沉迷于散文的写作，认为只有把自己的生活以散文的非虚构形式书写下来，才是珍贵的。一旦虚构，比如写成小说，就失去了我想珍存的那种实录价值。

有作家说，写作就是与遗忘和平庸作斗争。其实，写作不光是与遗忘和平庸作斗争，更要与灵魂进行各种博弈。

写作基本是一种向外的敞开，而心灵往往要求关闭、隐蔽、藏匿。

灵魂总是在下意识地掩饰自己，不愿示人，而写作，特别是散文写作，却要求敞开。很多时候，散文写作的成败就取决于你的灵魂能敞开多少，能敞开到何种程度。

因而散文写作者的写作不仅是在与遗忘和平庸斗争，更是在与灵魂博弈、纠结、纠缠。

散文写作者一路写来，总是脚下趔趄，走得歪歪斜斜，难免虚虚实实。

中国城市化进程正在加速，已经有百分之六十以上的人口成为城市居民，未来将会有更多中国人成为城市居民。书写和反映城市生活，越来越成为中国作家的义务和责任。

一个时代结束了，另一个时代正在到来。随着农耕时代在中国渐行渐远，城市面目日渐清晰。一种不可回避的对城市的书写正在向作家的灵魂招手。

罗　海

2022 年 3 月 2 日